下尺丹几乙し丹下と
Translated Language Learning

Alices Abenteuer im Wunderland

Alices Eventyr i Eventyrland

Lewis Carroll

Deutsch / Dansk

Runter in den Kaninchenbau
Ned i Kaninhullet

Alice fing an, sehr müde zu werden
Alice var begyndt at blive meget træt
Sie saß neben ihrer Schwester auf der Grasbank
Hun sad ved siden af sin søster på græsbanken
aber sie hatte nichts zu tun
men hun havde ikke noget at gøre
Ihre Schwester las ein Buch
hendes søster læste en bog
Ein- oder zweimal schaute Alice in das Buch
en eller to gange kiggede Alice ind i bogen
aber das Buch enthielt keine Bilder oder Gespräche
men bogen indeholdt ingen billeder eller samtaler
"Was nützt ein Buch ohne Bilder?", dachte Alice
"Hvad nytter en bog uden billeder?", tænkte Alice
"Warum sollte ein Buch keine Gespräche führen?"
"Hvorfor skulle en bog ikke have nogen samtaler?"
Aber sie hatte noch andere Dinge zu bedenken
men hun havde andre ting at overveje

"Es wäre ein Vergnügen, eine Kette aus Gänseblümchen zu machen"
"Det ville være en fornøjelse at lave en kæde af tusindfryd"
"Aber lohnt es sich, aufzustehen und die Gänseblümchen zu pflücken??"
"Men er det umagen værd at stå op og samle tusindfryd??"
Das war nicht so leicht zu denken
Det var ikke så let at tænke på
weil sie sich an diesem Tag schläfrig und dumm fühlte
fordi dagen fik hende til at føle sig søvnig og dum
aber plötzlich wurden ihre Gedanken unterbrochen
men pludselig blev hendes tanker afbrudt
ein weißes Kaninchen mit rosa Augen lief dicht an ihr vorbei
en hvid kanin med lyserøde øjne løb tæt forbi hende

Es war nichts übermäßig Bemerkenswertes an dem Kaninchen
Der var ikke noget alt for bemærkelsesværdigt ved kaninen
und Alice fand das Kaninchen auch nicht bemerkenswert
og Alice syntes heller ikke, at kaninen var bemærkelsesværdig

auch überraschte es sie nicht, als das Kaninchen sprach

det overraskede hende heller ikke, da kaninen talte

»O je! Ich werde zu spät kommen!« sagte er zu sich selbst

"Åh kære! Jeg kommer for sent!" sagde han til sig selv

aber dann tat das Kaninchen etwas, was Kaninchen nicht tun

men så gjorde kaninen noget, som kaniner ikke gjorde

das Kaninchen zog eine Uhr aus der Westentasche

kaninen tog et ur op af vestelommen

Er schaute auf die Uhr und eilte dann weiter

Han kiggede på klokken og skyndte sig så videre

Alice erhob sich erstaunt

Alice rejste sig forbløffet

Sie hatte noch nie zuvor ein Kaninchen mit Weste gesehen!

Hun havde aldrig set en kanin med vest før!

noch hatte sie je ein Kaninchen mit einer Uhr gesehen!

hun havde heller aldrig set en kanin med ur!

Alice brannte vor neuer Neugierde

Alice brændte af en ny nysgerrighed

und sie rannte über das Feld hinter dem Kaninchen her

og hun løb over marken efter kaninen

Sie kam gerade noch rechtzeitig, um das Kaninchen verschwinden zu sehen

Hun nåede lige at se kaninen forsvinde

Das Kaninchen hüpfte in einen großen Kaninchenbau hinab

Kaninen hoppede ned i et stort kaninhul

Im nächsten Augenblick stürzte Alice hinter dem Kaninchen her!

I et andet øjeblik gik Alice ned efter kaninen!

Der Kaninchenbau ging geradeaus wie ein Tunnel

Kaninhullet gik lige ud som en tunnel

und der Tunnel ging noch eine Weile weiter

og tunnelen fortsatte et stykke

und dann senkte sich der Weg plötzlich hinunter

og så dykkede stien pludselig ned

Alice hatte keinen Augenblick, daran zu denken, ob sie sich zurückhalten sollte

Alice havde ikke et øjeblik til at tænke på at stoppe sig selv
Sie fiel hin und hinunter und hinunter
Hun fandt sig selv falde ned og ned og ned
Es schien, als sei sie in einen sehr tiefen Brunnen gefallen
det virkede, som om hun var faldet ned i en meget dyb brønd
Entweder war der Brunnen sehr tief, oder sie fiel sehr langsam
Enten var brønden meget dyb, eller også faldt den meget langsomt
denn sie hatte viel Zeit zum Fallen
fordi hun havde masser af tid til at falde
Als sie fiel, konnte sie sich umsehen
Da hun faldt, kunne hun se sig omkring
Zuerst versuchte sie herauszufinden, wohin sie ging
Først forsøgte hun at finde ud af, hvor hun skulle hen
aber der Brunnen war zu dunkel, um etwas zu sehen
men brønden var for mørk til at se noget
Dann blickte sie auf die Seiten des Brunnens
Så kiggede hun på brøndens sider
Und sie bemerkte, dass überall um sie herum Schränke standen
og hun bemærkede, at der var skabe rundt om hende
und rings um den Brunnen waren Bücherregale
og rundt om brønden var der bogreoler
Hier und da sah sie Karten und Bilder, die an Pflöcken hingen
Her og der så hun kort og billeder hængt på pinde
Im Vorbeigehen nahm sie ein Glas aus einem der Regale
Hun tog en krukke ned fra en af hylderne, da hun gik forbi
Das Glas wurde für seinen Inhalt gekennzeichnet
Krukken var mærket for sit indhold
"MARMELADE AUS ORANGEN"
"MARMELADE LAVET AF APPELSINER"
Aber zu ihrer großen Enttäuschung war das Marmeladenglas leer
men til hendes store skuffelse var marmeladekrukken tom
Sie wollte das leere Marmeladenglas nicht fallen lassen

Hun ville ikke tabe den tomme marmeladekrukke
und ihr Fall war sehr langsam
og hendes fald var meget langsomt
**So schaffte sie es, das Marmeladenglas in einen der
Schränke zu stellen**
Så det lykkedes hende at sætte marmeladekrukken ind i et af
skabene
Nieder, hinunter, hinunter fiel sie!
Ned, ned, ned falder hun!
Würde der Fall jemals ein Ende haben?
Ville faldet nogensinde få en ende?
Es gab nichts anderes zu tun
Der var ikke andet at gøre
so fing Alice bald an, mit sich selbst zu reden
så Alice begyndte snart at tale med sig selv
**»Dinah wird mich heute abend sehr vermissen, sollte ich
meinen!«**
"Dinah vil savne mig meget i aften, skulle jeg tro!"
Dinah war Alices Katze
Dinah var Alices kat
**»Ich hoffe, sie werden sich an ihre Untertasse mit Milch zur
Teezeit erinnern.«**
"Jeg håber, de vil huske hendes underkop med mælk ved
tetid."
**»Dinah, meine Liebe, ich wünschte, du wärst hier unten bei
mir!«**
"Dinah, min kære, jeg ville ønske, at du var hernede med mig!"
Alice fühlte, als würde sie einschlafen
Alice følte, at hun var ved at døse hen
Und dann plötzlich, dumpf! Bums!
Og så pludselig dunk! Dunk!
Sie fiel auf einen Haufen Stöcke
Ned faldt hun på en bunke pinde
und sie landete auf einem Haufen trockener Blätter
og hun landede på en bunke tørre blade
Und endlich war der lange Sturz in das Loch vorbei
og endelig var det lange fald ned i hullet forbi

Alice war kein bisschen verletzt
Alice var ikke det mindste såret
und sie sprang in einem Augenblick auf
og hun sprang op i løbet af et øjeblik
Sie blickte auf, aber es war alles dunkel über ihr
Hun kiggede op, men det var helt mørkt over hovedet
Vor ihr lag ein weiterer langer Korridor
Foran hende var endnu en lang korridor
und das weiße Kaninchen war noch in Sicht
og den hvide kanin var stadig i syne
Er eilte den Korridor hinunter
Han skyndte sig ned ad gangen
Es war kein Augenblick zu verlieren
Der var ikke et øjeblik at spilde
davonlief Alice wie der Wind
af løb Alice som vinden
um die Ecke drehte sich das Kaninchen
Rundt om hjørnet vendte kaninen
Sie kam gerade noch rechtzeitig, um das Kaninchen zu hören
Hun nåede lige at høre kaninen
"Oh, meine Ohren und Schnurrhaare"
""Åh, mine ører og knurhår"
"Wie spät es wird!"
"Hvor det bliver sent!"
Sie war dicht hinter dem Kaninchen
Hun var tæt bag kaninen
Sie bog um eine weitere Ecke
Hun drejede rundt om et andet hjørne
aber das Kaninchen war nicht mehr zu sehen
men kaninen var ikke længere at se
Sie befand sich in einer langen, niedrigen Halle
Hun befandt sig i en lang, lav sal
Der Saal wurde von einer Reihe von Deckenlampen erleuchtet
Salen blev oplyst af en række loftslamper
Überall im Saal gab es Türen

Der var døre rundt om gangen
aber alle Türen waren verschlossen
men alle døre var låst
**Sie ging den ganzen Weg an der einen Seite des Flurs
hinunter**
Hun gik hele vejen ned ad den ene side af gangen
**Und sie war den ganzen Weg auf der anderen Seite des Flurs
hinaufgegegangen**
og hun var gået hele vejen op på den anden side af gangen
Sie hatte jede Tür ausprobiert
hun havde prøvet alle døre
Und sie ging traurig in der Mitte des Saales entlang
og hun gik bedrøvet ned midt i gangen
"Wie komme ich da mal wieder raus?"
"hvordan skal jeg nogensinde komme ud igen?"

Plötzlich stieß sie auf einen kleinen Tisch
Pludselig kom hun til et lille bord
Der Tisch wurde komplett aus massivem Glas gefertigt
Bordet var lavet udelukkende af massivt glas
Auf dem Tisch lag nichts als ein winziger goldener

Schlüssel

Der var intet på bordet andet end en lille gylden nøgle

Der Schlüssel könnte zu einer der Türen gehören!

nøglen kan tilhøre en af dørene!

Aber ach! Einige der Schlösser waren zu groß für die Schlüssel

men ak! Nogle af låsene var for store til nøglerne

und für die anderen Schlösser war der Schlüssel zu klein

og til de andre låse var nøglen for lille

aber auf jeden Fall öffnete der Schlüssel keine der Türen

men i hvert fald åbnede nøglen ingen af dørene

Aber was sollte sie tun?

men hvad skulle hun gøre?

Sie ging wieder durch den Saal

Hun gik gennem gangen igen

Und diesmal bemerkte sie einen niedrigen Vorhang

og denne gang bemærkede hun et lavt forhæng

Hinter dem Vorhang war eine kleine Tür

Bag gardinet var der en lille dør

Die Tür war etwa fünfzehn Zoll hoch

døren var omkring femten tommer høj

Sie probierte den kleinen goldenen Schlüssel im Schloss aus

Hun prøvede den lille gyldne nøgle i låsen

Und zu ihrer großen Freude passte der Schlüssel ins Schloss!

og til hendes store glæde passede nøglen i låsen!

Alice öffnete die Tür

Alice åbnede døren

und sie fand, daß die Tür in einen kleinen Korridor führte

og hun fandt døren ført ind til en lille korridor

Der Korridor war nicht viel größer als ein Rattenloch

Korridoren var ikke meget større end et rottehul

Sie kniete nieder und blickte den Korridor entlang

Hun knælede ned og kiggede ud over korridoren

Und sie sah den schönsten Garten, den du je gesehen hast

og hun så den dejligste have, du nogensinde har set

wie sehr sie sich danach sehnte, aus dieser dunklen Halle herauszukommen

hvor hun længtes efter at komme ud af den mørke sal
wie sie sich wünschte, zwischen diesen leuchtenden Blumen zu wandern
hvor hun ønskede at vandre blandt de lyse blomster
Wie cool die Erfrischung dieser Brunnen aussah
hvor cool forfriskende disse springvand så ud
aber sie konnte nicht einmal ihren Kopf durch die Tür stecken
men hun kunne ikke engang få hovedet gennem døråbningen
»Oh,« sagte Alice traurig
"Åh," sagde Alice sørgmodigt
»wie sehr wünschte ich, ich könnte mich zusammenfalten wie ein Fernrohr!«
"Hvor ville jeg ønske, at jeg kunne folde mig sammen som et teleskop!"
"Ich glaube, ich könnte mich zusammenfalten wie ein Teleskop"
"Jeg tror, jeg kunne folde mig sammen som et teleskop"
"Wenn ich nur wüsste, wie ich anfangen sollte"
"hvis jeg bare vidste, hvordan jeg skulle begynde"
Alice ging zurück an den Tisch
Alice gik tilbage til bordet
Es bestand die Möglichkeit, einen weiteren Schlüssel zu finden
der var mulighed for at finde en anden nøgle
Oder es gibt ein Buch mit Regeln
eller der kan være en bog med regler
Das Buch könnte ihr sagen, wie man sich wie ein Teleskop zusammenfaltet
bogen kunne fortælle hende, hvordan hun skulle folde sig sammen som et teleskop
Diesmal fand sie ein Fläschchen
Denne gang fandt hun en lille flaske
"Diese Flasche war gewiß vorher nicht hier," sagte Alice
"Denne flaske var her bestemt ikke før," sagde Alice
Und um den Flaschenhals war ein Papieretikett gebunden
og bundet om flaskehalsen var en papiretiket

**Das Etikett war wunderschön in großen Buchstaben
gedruckt**
Etiketten var smukt trykt med store bogstaver
"TRINK MICH"
"DRIK MIG"
»Nein, ich werde erst nachsehen«, sagte sie
"Nej, jeg vil se først," sagde hun
**"Ich werde sehen, ob die Flasche als giftig gekennzeichnet
ist oder nicht."**
"Jeg vil se, om flasken er mærket som giftig eller ej,"
weil sie die Lektion über das Gift nie vergessen hat
fordi hun aldrig glemte lektien om gift
**"Wenn eine Flasche als giftig gekennzeichnet ist, wird sie
Ihnen bestimmt nicht zustimmen"**
"Hvis en flaske er mærket giftig, er den nødt til at være uenig
med dig"
Diese Flasche war jedoch nicht als giftig gekennzeichnet
Denne flaske var dog ikke markeret som giftig
so wagte Alice es, den Inhalt der Flasche zu kosten
så Alice vovede at smage på flaskens indhold
Sie fand die Flüssigkeit ganz nach ihrem Geschmack
Hun fandt væsken helt efter hendes smag
Das Getränk hatte einen gemischten Geschmack
Drikken havde en slags blandet smag
Kirschkuchen, Vanillepudding und Ananas
kirsebærtærte, vaniljesaus og ananas
Gebratener Truthahn, Toffee und Toast mit heißer Butter
stegt kalkun, karamel og toast med varmt smør
und bald trank sie die Flasche aus
og hun blev snart færdig med flasken
"Was für ein merkwürdiges Gefühl!" sagte Alice
"Sikke en mærkelig følelse!" sagde Alice
"Ich klappe mich zusammen wie ein Teleskop!"
"Jeg folder mig sammen som et teleskop!"
Und sie faltete sich tatsächlich zusammen wie ein Teleskop!
Og hun foldede sig sammen som et teleskop!
Sie war jetzt nur noch zehn Zentimeter groß

Hun var nu kun ti centimeter høj
und ihr Gesicht erhellte sich bei ihren Gedanken
og hendes ansigt lyste op ved hendes tanker
Jetzt hatte sie die richtige Größe für das Türchen
nu havde hun den rigtige størrelse til den lille dør
Jetzt konnte sie in diesen schönen Garten gehen
nu kunne hun gå ind i den dejlige have
Bald hörte sie auf, kleiner zu werden
Snart holdt hun op med at blive mindre
Sie beschloß, sofort in den Garten zu gehen
Hun besluttede sig for at gå ud i haven med det samme
aber wehe der armen Alice!
men ak, for stakkels Alice!
Sie kam zur Tür
Hun kom til døren
Aber sie hatte den kleinen goldenen Schlüssel vergessen
men hun havde glemt den lille guldnøgle
Sie ging zurück zum Tisch, um den Schlüssel zu holen
Hun gik tilbage til bordet for at hente nøglen
aber sie merkte, daß sie nicht hoch genug greifen konnte
men hun fandt ud af, at hun ikke kunne nå højt nok
**Sie konnte den Schlüssel ganz deutlich durch das Glas
sehen**
hun kunne se nøglen ganske tydeligt gennem glasset
Sie versuchte, die Beine des Tisches hinaufzuklettern
Hun forsøgte at kravle op ad bordbenene
Aber das Glas war viel zu rutschig
men glasset var alt for glat
Irgendwann erschöpfte sie sich mit dem Versuch
Til sidst trættede hun sig selv med at prøve
Und das arme kleine Mädchen setzte sich hin und weinte
og den stakkels lille pige satte sig ned og græd
Alice sprach ziemlich scharf mit sich selbst
Alice talte temmelig skarpt til sig selv
"Komm, es hat keinen Zweck, so zu weinen!"
"Kom, det nytter ikke noget at græde sådan!"
"Ich rate dir, gleich aufzuhören!"

"Jeg råder dig til at stoppe lige nu!"
Sie gab sich im Allgemeinen sehr gute Ratschläge
Hun gav generelt sig selv meget gode råd
obwohl sie nur sehr selten ihren eigenen Rat befolgte
selvom hun meget sjældent fulgte sit eget råd
und sie war manchmal zu streng mit sich selbst
og hun var nogle gange for hård ved sig selv
und ihre Worte trieben ihr Tränen in die Augen
og hendes ord bragte tårer i hendes øjne
Bald fiel ihr Blick auf einen kleinen Glaskasten
Snart faldt hendes blik på en lille glaskasse
Der kleine Glaskasten lag unter dem Tisch
Den lille glaskasse lå under bordet
In dem Glaskasten befand sich ein sehr kleiner Kuchen
I glaskassen lå en meget lille kage
Auf dem Kuchen waren einige Worte schön geschrieben
På kagen var der skrevet nogle smukke ord
die Worte waren in Johannisbeeren markiert worden
Ordene var markeret med ribs
"MICH ESSEN"
"SPIS MIG"
"Nun, ich werde den Kuchen essen," sagte Alice
"Nå, jeg spiser kagen," sagde Alice
"Und wenn mich der Kuchen größer werden lässt, kann ich den Schlüssel erreichen"
"og hvis kagen får mig til at vokse mig større, kan jeg nå nøglen"
"Und wenn mich der Kuchen kleiner werden lässt, kann ich unter die Tür kriechen"
"og hvis kagen får mig til at blive mindre, kan jeg krybe ind under døren"
"Also so oder so komme ich in den Garten"
"så uanset hvad, kommer jeg ud i haven"
"Und es ist mir egal, was von beidem passiert!"
"og jeg er ligeglad med, hvilken af de to der sker!"
Sie aß ein wenig von dem Kuchen
Hun spiste en lille smule af kagen

und sie sprach ängstlich zu sich selbst:
og hun talte ængsteligt til sig selv:
"In welche Richtung? In welche Richtung?"
"Hvilken vej? Hvilken vej?"
und sie hielt die Hand auf den Kopf
og hun holdt sin hånd på sit hoved
Sie wollte spüren, in welche Richtung sie wuchs
hun ønskede at føle, hvilken vej hun voksede
Sie war ganz überrascht, als sie erfuhr, was geschehen war
Hun var ret overrasket over at finde ud af, hvad der var sket
Sie war gleich groß geblieben!
hun var forblevet den samme størrelse!
Also verdoppelte sie dieses Mal ihre Bemühungen
Så denne gang fordoblede hun sin indsats
Und bald war der ganze Kuchen fertig
og snart blev hun færdig med hele kagen

Der Pool der Tränen

Tårernes pøl

"Das wird immer interessanter!" rief Alice

"Det her bliver mere og mere interessant!" råbte Alice

Man kann sehen, dass sie sehr überrascht war

Du kan se, at hun var meget overrasket

"Ich öffne mich wie das größte Teleskop, das es je gab!"

"Jeg åbner som det største teleskop, der nogensinde har været!"

»Auf Wiedersehen, Füße! Oh, meine armen kleinen Füße"

"Farvel, fødder! Åh, mine stakkels små fødder"

"Ich frage mich, wer euch jetzt die Schuhe anziehen wird, meine Lieben?"

"Gad vide, hvem der vil tage dine sko på for dig nu, kære?"

»und ich frage mich, wer Ihre Strümpfe anziehen wird?«

"og jeg gad vide, hvem der vil tage dine strømper på?"

"Ich werde viel zu weit weg sein"

"Jeg vil være alt for langt væk"

"Ich werde mich nicht mehr um dich kümmern können"

"Jeg vil ikke være i stand til at bekymre mig om dig mere"

In diesem Augenblick schlug ihr Kopf gegen etwas

Netop i dette øjeblik ramte hendes hoved mod noget

Sie hatte das Dach des Saales erreicht

Hun var nået op på taget af hallen

Tatsächlich war sie jetzt mehr als zwei Meter groß

faktisk var hun nu mere end to meter høj

und sie ergriff sogleich den kleinen goldenen Schlüssel

og hun tog straks den lille guldnøgle

und sie eilte zur Gartentür

og hun skyndte sig hen til havedøren

Arme Alice! Es gab nicht viel, was sie tun konnte

Stakkels Alice! Der var ikke meget, hun kunne gøre

Sie legte sich auf die Seite

Hun lagde sig på den ene side

Und sie blickte mit einem Auge in den Garten hinein

og hun så ud i haven med det ene øje

Aber durchzukommen war hoffnungsloser denn je

Men at komme igennem var mere håbløst end nogensinde

Sie setzte sich und fing wieder an zu weinen

Hun satte sig ned og begyndte at græde igen

Sie fuhr fort, literweise Tränen zu vergießen

Hun blev ved med at fælde litervis af tårer

Bald war ein großer Pool um sie herum

Snart var der en stor pool omkring hende

und das Wasser reichte bis zur Hälfte des Flurs

og vandet nåede halvvejs ned ad gangen

Nach einer Weile hörte sie ein leises Getrappel von Füßen

Efter et stykke tid hørte hun en lille klapren af fødder

Sie hörte die Füße aus der Ferne kommen

hun hørte fødderne komme på afstand

Und sie trocknete sich hastig die Augen, um zu sehen, was kommen würde

og hun tørrede hurtigt sine øjne for at se, hvad der ville komme

Es war das weiße Kaninchen, das zurückkehrte

Det var den hvide kanin, der vendte tilbage

Er war prächtig gekleidet

han var pragtfuldt klædt

Er hatte ein Paar weiße Handschuhe in der einen Hand

Han havde et par hvide handsker i den ene hånd

Und in der anderen Hand hatte er einen großen Federfächer

og han havde en stor fjervifte i den anden hånd

Er kam in großer Eile dahergetrabt

Han kom travende af sted i stor fart

und er murmelte vor sich hin: »Ach! die Herzogin, die Herzogin!«

og han mumlede for sig selv: "Åh! hertuginden, hertuginden!"

»Ach! wird sie nicht wild sein, wenn ich sie habe warten lassen?«

"Åh! vil hun ikke være vild, hvis jeg har ladet hende vente!"

Als das Kaninchen in ihre Nähe kam, sprach Alice
Da kaninen kom hen til hende, talte Alice
aber sie sprach mit leiser, schüchterner Stimme
men hun talte med en lav, frygtsom stemme
"Sir, bitte hören Sie für einen Moment auf, was Sie tun"
"Sir, vær venlig at stoppe med det, du laver et øjeblik"
Das Kaninchen erschrak heftig
Kaninen forskrækkede voldsomt
Er ließ die weißen Handschuhe und den Federfächer fallen
Han smed de hvide handsker og fjerviften
und er eilte fort in die Dunkelheit, so schnell er konnte
og han skyndte sig ud i mørket, så hurtigt han kunne.
Alice hob den Federfächer und die Handschuhe auf
Alice samlede fjerviften og handskerne op
Und sie fächelte sich immer wieder Luft zu, während sie sprach
og hun blev ved med at vifte sig selv, mens hun blev ved med at tale
»Liebes, liebes Kind! Wie seltsam ist das alles heute!"
"Kære, kære! Hvor er alt mærkeligt i dag!"

"Gestern ging es weiter wie bisher"
"I går gik det som det plejede"
"War ich heute Morgen noch so, als ich aufgestanden bin?"
"Var jeg den samme, da jeg stod op i morges?"
"Aber wenn ich nicht mehr derselbe bin, dann ist das eine andere Frage"
"Men hvis jeg ikke er den samme, er der et andet spørgsmål"
"Wer in aller Welt bin ich?"
"Hvem i alverden er jeg?"
"Ah, das ist das große Rätsel!"
"Ah, det er det store puslespil!"
Während sie das sagte, blickte sie auf ihre Hände hinunter
Mens hun sagde dette, kiggede hun ned på sine hænder
Sie trug einen der kleinen weißen Handschuhe des Kaninchens
Hun havde en af kaninernes små hvide handsker på
Sie hatte nicht bemerkt, dass sie den Handschuh angezogen hatte, während sie sprach
Hun havde ikke bemærket, at hun tog handsken på, mens hun talte
"Wie konnte ich das machen?" dachte sie
"Hvordan kan jeg have gjort det?" tænkte hun
"Ich muss wieder klein werden"
"Jeg må være ved at blive lille igen"
Sie stand auf und ging zum Tisch, um ihre Größe zu messen
Hun rejste sig og gik hen til bordet for at måle sin højde
Sie stellte fest, dass sie jetzt etwa einen halben Meter groß war
Hun fandt ud af, at hun nu var omkring en halv meter høj
und sie schrumpfte immer noch schnell
og hun krympede stadig hurtigt
Bald fand sie heraus, was die Ursache für das Schrumpfen war
Hun fandt hurtigt ud af, hvad årsagen til skrumpningen var
Der Federfächer machte sie wieder kleiner!
fjerviften gjorde hende mindre igen!
Und sie ließ hastig den Federfächer fallen

og hun tabte hurtigt fjerviften
Sie ließ den Federfächer gerade noch rechtzeitig fallen, um sich zu retten
Hun tabte fjerviften lige i tide til at redde sig selv
Hätte sie sich noch länger Luft zugefächelt, wäre sie völlig zusammengeschrumpft
hvis hun havde viftet sig længere, ville hun være skrumpet helt ind
»Das war ein knappes Entkommen!« sagte Alice
"Det var en snæver flugt!" sagde Alice
und sie erschrak sehr über die plötzliche Veränderung
og hun var en hel del bange over den pludselige forandring
aber sie war sehr froh, daß sie noch da war
men hun var meget glad for at finde sig selv stadig i eksistens
"Und jetzt ab in den Garten!"
"Og nu ud i haven!"
Und sie lief mit aller Geschwindigkeit zurück zu der kleinen Tür
Og hun løb med al hast tilbage til den lille dør
Aber ach! Das Türchen wurde wieder geschlossen
men ak! den lille dør blev lukket igen
Und das goldene Schlüsselchen lag wieder auf dem Glastisch
og den lille guldnøgle lå igen på glasbordet
"Es ist schlimmer als je!" dachte das arme Kind
"Det er værre end nogensinde!" tænkte det stakkels barn
"So klein war ich noch nie, niemals!"
"Jeg har aldrig været så lille som før, aldrig!"
Bei diesen Worten rutschte ihr Fuß aus
Da hun sagde disse ord, gled hendes fod
Und im nächsten Augenblick gab es ein großes Plätschern!
og i et andet øjeblik var der et stort plask!
Sie stand bis zum Kinn im Salzwasser
hun var op til hagen i saltvand
Ihre erste Idee war, dass sie irgendwie ins Meer gefallen war
Hendes første idé var, at hun på en eller anden måde var faldet i havet

Sie erkannte jedoch bald, worin sie sich befand
Hun indså dog hurtigt, hvad hun var i
Sie war in einer Tränenlache
Hun lå i en pøl af tårer
die Tränen, die sie geweint hatte, als sie zwei Meter groß war
de tårer, hun havde grædt, da hun var to meter høj

In diesem Augenblick hörte sie etwas
Netop da hørte hun noget
Etwas plätscherte im Pool herum
Noget plaskede rundt i poolen
Das Plätschern kam aus einiger Entfernung
plasket kom fra et stykke væk
und sie schwamm näher, um zu sehen, was das Plätschern war
og hun svømmede nærmere for at se, hvad plasket var
Bald sah sie, dass es nur eine kleine Maus war

Hun så snart, at det kun var en lille mus
Auch die kleine Maus war ins Wasser geschlüpft
Den lille mus var også gledet i vandet
Alice dachte bei sich über die Situation nach
Alice tænkte ved sig selv over situationen
"Würde es etwas nützen, mit dieser Maus zu sprechen?"
"Ville det være til nogen nytte at tale med denne mus?"
"Hier unten steht alles auf dem Kopf"
"Alt er så på hovedet her"
**"Ich denke, es ist sehr wahrscheinlich, dass diese Maus
sprechen kann."**
"Jeg vil tro meget sandsynligt, at denne mus kan tale"
"Es schadet jedenfalls nicht, es zu versuchen"
"Der er i hvert fald ingen skade i at forsøge"
Also begann sie zu versuchen, mit der Maus zu sprechen
Så hun begyndte at prøve at tale med musen
"Oh Maus, kennst du den Weg aus diesem Pool?"
"Åh mus, kender du vejen ud af denne pool?"
"Ich bin es leid, hier herumzuschwimmen, oh Maus!"
"Jeg er meget træt af at svømme her, Oh Mouse!"
Die Maus schaute sie ziemlich neugierig an
Musen kiggede temmelig nysgerrigt på hende
Die Maus schien mit einem ihrer kleinen Augen zu blinzeln
musen syntes at blinke med et af sine små øjne
Aber die kleine Maus sagte nichts
men den lille mus sagde ikke noget
"Vielleicht versteht die Maus kein Englisch!" dachte Alice
"Måske forstår musen ikke engelsk," tænkte Alice
"Ich wage zu behaupten, es ist eine französische Maus"
"Jeg tør godt sige, at det er en fransk mus"
**"Vielleicht kam diese Maus mit Wilhelm dem Eroberer
herüber"**
"måske kom denne mus over med Vilhelm Erobreren"
Also fing sie wieder an, auf Französisch
Så begyndte hun igen, på fransk
"Wo ist meine Katze?", fragte sie auf Französisch
"Hvor er min kat?" spurgte hun på fransk

es war der erste Satz in ihrem französischen Unterrichtsbuch
det var den første sætning i hendes fransklektionsbog
Die Maus machte einen plötzlichen Sprung aus dem Wasser
Musen sprang pludselig op af vandet
Und die Maus schien am ganzen Leibe vor Schreck zu zittern
og musen syntes at skælve over det hele af skræk
"Oh, ich bitte um Verzeihung!" rief Alice hastig
"Åh, jeg beder Dem undskylde!" råbte Alice hurtigt
Sie fürchtete, sie habe die Gefühle des armen Tieres verletzt
Hun var bange for, at hun havde såret det stakkels dyrs følelser
"Ich habe ganz vergessen, dass du keine Katzen magst"
"Jeg glemte helt, at du ikke kunne lide katte"
"Ich mag keine Katzen!" rief die Maus mit schriller, leidenschaftlicher Stimme
"Jeg kan ikke lide katte!" råbte musen med skinger, lidenskabelig stemme
"Hättest du gerne Katzen, wenn du ich wärst?"
"Ville du kunne lide katte, hvis du var mig?"
Alice tröstete die Maus in einem beruhigenden Ton
Alice trøstede musen i en beroligende tone
"Naja, vielleicht würde ich an deiner Stelle auch keine Katzen mögen"
"Nå, måske ville jeg heller ikke kunne lide katte, hvis jeg var dig"
"Bitte ärgern Sie sich nicht über die Erwähnung von Katzen"
"Vær ikke vred over omtalen af katte"
"Und doch wünschte ich, ich könnte dir unsere Katze Dina zeigen"
"Og alligevel ville jeg ønske, at jeg kunne vise dig vores kat Dinah"
"Wenn du sie treffen würdest, würdest du wohl Gefallen an Katzen finden"
"hvis du mødte hende, tror jeg, du ville have lyst til katte"
"Wenn du sie nur sehen könntest"
"Hvis du bare kunne se hende"

"Sie ist so ein liebes, stilles Ding"

"Hun er sådan en kær, stille ting"

Die Maus zitterte am ganzen Körper

Musen rystede over det hele

Alice war sich sicher, dass die Maus wirklich beleidigt sein musste

Alice følte sig sikker på, at musen måtte være virkelig fornærmet

"Wir reden nicht mehr über sie, wenn du lieber nicht willst"

"Vi vil ikke tale mere om hende, hvis du hellere ikke vil"

"Wir, allerdings!" rief die Maus

"Ja, vi!" råbte musen

Die Maus zitterte bis zum Ende ihres Schwanzes

musen skælvede ned til enden af halen

»Als ob ich über so ein Thema reden würde!«

"Som om jeg ville tale om sådan et emne!"

"Unsere Familie hat Katzen schon immer gehasst"

"Vores familie hadede altid katte"

"Katzen; Gemeine, niedrige, gemeine Dinger!"

"katte; grimme, lave, vulgære ting!"

"Laß mich den Namen nicht noch einmal hören!"

"Lad mig ikke høre navnet igen!"

"Katzen will ich ja nicht mehr erwähnen!" sagte Alice

"Jeg vil ikke nævne katte igen!" sagde Alice

Sie hatte es sehr eilig, das Thema zu wechseln

Hun havde meget travlt med at skifte emne

"Bist du... Lieben Sie Hunde?«

"Er du... Er du glad for hunde?"

"Es gibt so einen netten kleinen Hund in der Nähe unseres Hauses."

"Der er sådan en dejlig lille hund i nærheden af vores hus,"

"Ich möchte dir den kleinen Hund zeigen!"

"Jeg vil gerne vise dig den lille hund!"

"Dieser kleine Hund tötet alle Ratten und...

"Denne lille hund dræber alle rotterne og ...

»O je!« rief Alice in traurigem Tone

"Åh, kære!" råbte Alice i en sørgmodig tone

»Ich fürchte, ich habe dich schon wieder beleidigt!«
"Jeg er bange for, at jeg har fornærmet dig igen!"
Die Maus schwamm so schnell sie konnte von ihr weg
musen svømmede væk fra hende, så hurtigt den kunne gå
Und die Maus machte einen ziemlichen Aufruhr im Tümpel
og musen lavede noget postyr i dammen
Da rief sie leise der Maus nach
Så kaldte hun sagte efter musen
"Meine liebe Maus, komm bitte zurück!"
"Min kære mus, vær venlig at komme tilbage!"
"Und wir werden nicht über Katzen sprechen"
"Og vi vil ikke tale om katte"
"Und über Hunde müssen wir auch nicht reden"
"Og vi behøver heller ikke at tale om hunde"
Als die Maus das hörte, drehte sie sich um
Da musen hørte dette, vendte den sig om
Und die kleine Maus schwamm langsam zu ihr zurück
og den lille mus svømmede langsomt tilbage til hende
Das Gesicht der Maus war ganz blaß
musens ansigt var ganske blegt
Und die Maus sprach mit leiser, zitternder Stimme
og musen talte med lav, skælvende stemme
"Lasst uns ans Ufer gehen"
"Lad os komme til kysten"
"Und dann erzähle ich dir meine Geschichte"
"og så skal jeg fortælle dig min historie"
"Und du wirst verstehen, warum ich Katzen und Hunde hasse"
"og du vil forstå, hvorfor det er, at jeg hader katte og hunde"
Es war höchste Zeit zu gehen
Det var blevet på høje tid at tage af sted
weil der Pool ziemlich voll wurde
fordi poolen var ved at blive ret overfyldt
Andere Vögel und Tiere waren in den Pool gefallen
andre fugle og dyr var faldet i bassinet
es gab eine Ente und einen Dodo
der var en and og en dront,

und da waren ein Lory-Vogel und ein Adler
og der var en Lory-fugl og en ørn
und es gab noch einige andere interessant aussehende
Kreaturen
og der var flere andre interessante væsener
Alice führte den Weg aus dem Pool
Alice førte vejen ud af poolen
und die ganze Gesellschaft der Tiere schwamm ans Ufer
og hele flokken af dyr svømmede til kysten

Ein Caucus-Rennen und ein langer Schwanz
Et caucus-løb og en lang hale
Es waren in der Tat ein lustig aussehender Haufen Tiere
De var virkelig en sjovt udseende flok dyr
und sie versammelten sich alle am Ufer des Wassers
og de samledes alle på vandbredden
die Vögel hatten alle zerzauste Federn
fuglene havde alle slæbte fjer
und die pelzigen Tiere waren durchnässt
og de lodne dyr blev gennemblødt
und alle waren triefend nass, genervt und unwohl
og alle var dryppende våde, irriterede og utilpas

Es gab eine Frage, die zuerst beantwortet werden musste
Der var et spørgsmål, der skulle besvares først
Was ist der beste Weg für alle, um trocken zu werden?
Hvad er den bedste måde for alle at blive tørre på?
Sie hatten eine Konsultation zu diesem Thema
De havde en konsultation om denne sag
Bald waren sie alle auf vertrautem Einvernehmen
snart var de alle på familiær fod
Es war, als ob sie sie ihr ganzes Leben lang gekannt hätte
det var, som om hun havde kendt dem hele sit liv
Die Maus schien eine Person mit einer gewissen Autorität

zu sein
Musen syntes at være en person med en vis autoritet
"Setzt euch, ihr alle, und hört mir zu!
"Sæt jer ned, alle sammen, og lyt til mig!
"Ich werde euch bald wieder alle trocken machen!"
"Jeg vil snart gøre jer alle tørre igen!"
Sie setzten sich alle auf einmal in einem großen Ring nieder
De satte sig alle sammen på én gang, i en stor ring
Und die kleine Maus saß in der Mitte
og den lille mus sad i midten
"Ähm!" sagte die Maus mit einer wichtigen Miene
"Ahem!" sagde musen med en vigtig mine
"Seid ihr bereit?"
"Er I alle klar?"
"Das ist das Trockenste, was ich kenne"
"Det her er det tørreste, jeg kender"
»Schweigen Sie ringsum, wenn Sie wollen!«
"Stilhed rundt omkring, om du vil!"
"Wilhelm der Eroberer wurde vom Papst begünstigt"
"Vilhelm Erobreren blev begunstiget af paven"
"aber er wurde bald von den Engländern unterworfen"
"men han blev snart underkastet af englænderne"
"Sie wollten in letzter Zeit Führer"
"De ønskede ledere på det seneste"
"Und sie waren an Macht und Eroberung gewöhnt"
"og de havde været vant til magt og erobring"
"Edwin und Morcar, die Grafen von Mercia und Northumbria"
"Edwin og Morcar, jarlerne af Mercia og Northumbria"
»Pfui!« sagte der Lori-Vogel mit einem Schauer
"Ugh!" sagde lorifuglen med en gysen
"und sogar Stigand, der patriotische Erzbischof von Canterbury"
"og selv Stigand, den patriotiske ærkebiskop af Canterbury"
"Er fand es auch ratsam"
"Han fandt det også tilrådeligt"
"Was hielt er für ratsam?" fragte die Ente

"Hvad fandt han tilrådeligt?" sagde anden

"Er fand es ratsam", antwortete die Maus ziemlich verärgert

"Han fandt det tilrådeligt," svarede musen temmelig skævt

aber die Ente war nicht zufrieden

men anden var ikke tilfreds

"Natürlich weißt du, was 'es' bedeutet"

"Selvfølgelig ved du, hvad 'det' betyder"

"Ich weiß, was es ist, wenn ich etwas finde," sagte die Ente

"Jeg ved, hvad 'det' er, når jeg finder en ting!" sagde anden

"Es ist in der Regel ein Frosch oder ein Wurm"

"Det er generelt en frø eller en orm"

"Die Frage ist, was hat der Erzbischof gefunden?"

"Spørgsmålet er, hvad ærkebiskoppen fandt?"

Die Maus bemerkte diese Frage nicht

Musen bemærkede ikke dette spørgsmål

Stattdessen fuhr die Maus hastig mit der Rede fort

I stedet fortsatte musen hurtigt med talen

"Er fand es ratsam, mit Edgar Atheling zu gehen"

"han fandt det tilrådeligt at gå med Edgar Atheling"

"um William zu treffen und ihm die Krone anzubieten"

"at møde William og tilbyde ham kronen"

fuhr die Maus fort und wandte sich dabei an Alice

musen fortsatte og vendte sig mod Alice, mens den talte

»Wie geht es dir jetzt, meine Liebe?«

"Hvordan går det med dig nu, min kære?"

»So naß wie immer,« sagte Alice in melancholischem Tone

"Så våd som altid," sagde Alice i en melankolsk tone

"Diese Geschichte scheint mich überhaupt nicht auszutrocknen"

"Denne historie ser ikke ud til at tørre mig overhovedet"

»In diesem Falle,« sagte der Dodo feierlich und erhob sich

"I så fald," sagde dronten højtideligt og rejste sig

"Ich stimme dafür, dass die Sitzung vertagt wird"

"Jeg stemmer for, at mødet udsættes"

"und ich schlage vor, sofort energischere Heilmittel zu ergreifen"

"og jeg foreslår en øjeblikkelig vedtagelse af mere energiske

midler"
"Sprich wahre Worte!" sagte der Adler
"Tal rigtige ord!" sagde ørnen
"Ich weiß nicht, was die Hälfte dieser langen Worte bedeutet"
"Jeg kender ikke betydningen af halvdelen af de lange ord"
»und außerdem glaube ich nicht, daß Sie es wissen!«
"og hvad mere er, jeg tror heller ikke, at du ved det!"
»Was ich sagen wollte«, sagte der Dodo in beleidigtem Ton
"Hvad jeg skulle sige," sagde dronten i en fornærmet tone
"Das Beste, was uns trocken kriegt, wäre ein Caucus-Rennen"
"Det bedste til at få os tørre ville være et caucus-løb"
»Was ist ein Caucus-Rennen?« fragte Alice
"Hvad er en caucus-race?" sagde Alice

"Nun", sagte der Dodo, "der beste Weg, es zu erklären, ist, es zu tun."
"Nå," sagde dronten, "den bedste måde at forklare det på er at gøre det."
"Zuerst steckte der Dodo eine Rennbahn ab"

"Først markerede dronten en væddeløbsbane"
"Die Strecke verlief in einer Art Kreis"
"Nummeret var i en slags cirkel"
"Und dann wurde die ganze Gesellschaft entlang der Strecke platziert"
"og så blev hele selskabet placeret langs ruten"
Es gab kein "Eins, zwei, drei und weg!"
Der var ikke noget "En, to, tre og væk!"
aber sie fingen an zu rennen, wann sie wollten
men de begyndte at løbe, når de ville
Und sie beendeten auch, wenn sie wollten
og de blev også færdige, når de ville
Es war also nicht einfach zu wissen, wann das Rennen vorbei war
Så det var ikke let at vide, hvornår løbet var slut
Nach etwa einer halben Stunde Laufen waren sie alle ziemlich trocken
Efter en halv times løb var de alle ret tørre
der Dodo rief plötzlich: "Das Rennen ist vorbei!"
dronten råbte pludselig: "Løbet er slut!"
Und sie drängten sich alle um den Dodo
og de stimlede alle sammen omkring dronten
Alle Tiere hechelten und schnauften
alle dyrene gispede og pustede
und sie alle wollten wissen: "Aber wer hat gewonnen?"
og de ville alle vide: "Men hvem har vundet?"
Diese Frage konnte der Dodo nicht sofort beantworten
Dette spørgsmål kunne dronten ikke umiddelbart besvare
Zuerst musste er sehr viel nachdenken
Først måtte han tænke meget
Nach langem Nachdenken sprach der Dodo schließlich
Efter mange overvejelser talte dronten endelig
"Jeder hat gewonnen, und jeder muss Preise haben"
"Alle har vundet, og alle skal have præmier"
»Aber wer soll die Preise geben?« fragte ein Chor von Stimmen
"Men hvem skal give præmierne?" spurgte et kor af stemmer

"Nun, sie natürlich", sagte der Dodo
"Nå, hun, selvfølgelig," sagde dronten
und der Dodo deutete mit einem Finger auf Alice
og dronten pegede med en finger på Alice
und die ganze Gesellschaft von Tieren drängte sich um sie
og hele flokken af dyr stimlede sammen om hende
sie riefen verwirrt: »Preise! Preise!"
råbte de på en forvirret måde: "Præmier! Præmier!"
Alice hatte keine Ahnung, was sie tun sollte
Alice anede ikke, hvad hun skulle gøre
Verzweifelt steckte sie die Hand in die Tasche
I fortvivlelse stak hun hånden i lommen
Und sie zog eine Schachtel mit Süßigkeiten hervor
og hun trak en æske slik frem
**Glücklicherweise war das Salzwasser nicht in den Kasten
gelangt**
Heldigvis var saltvandet ikke kommet ind i kassen
Und sie reichte die Süßigkeiten als Preise herum
og hun rakte slik rundt som præmier
Es gab genau ein Stück für jeden
Der var præcis ét stykke til alle
**Das nächste, was sie tun mussten, war, die Süßigkeiten zu
essen**
Det næste, de skulle gøre, var at spise slik
Dies verursachte einige Geräusche und Verwirrung
Dette forårsagede en del støj og forvirring
**Die großen Vögel klagten, dass sie ihre Süßigkeiten nicht
schmecken konnten**
De store fugle klagede over, at de ikke kunne smage deres
søde sager
**Die Kleinen verschluckten sich und mussten auf den
Rücken geklopft werden**
de små blev kvalt og måtte klappes på ryggen
Doch dann war es endlich vorbei
Men det var endelig slut
Und sie setzten sich wieder in einem Ring nieder
og de satte sig igen i en ring

Und sie flehten die Maus an, ihnen noch etwas zu erzählen
og de bad musen om at fortælle dem noget mere
**»Du hast versprochen, mir deine Geschichte zu erzählen,
weißt du,« sagte Alice**
"Du lovede at fortælle mig din historie, ved du," sagde Alice
**und sie machte noch eine kleine Bemerkung über Katzen im
Flüsterton**
og hun kom med endnu en lille bemærkning om katte i en
hvisken
Sie wollte die Maus nicht noch einmal beleidigen
Hun ønskede ikke at fornærme musen igen
die kleine Maus drehte sich zu Alice um und seufzte
den lille mus vendte sig mod Alice og sukkede
"Meine Geschichte ist lang und traurig!"
"Min er en lang og trist historie!"
»Es ist gewiß ein langer Schwanz,« sagte Alice
"Det er bestemt en lang hale," sagde Alice
**Und sie blickte verwundert auf den Schwanz der Maus
hinunter**
og hun så med forundring ned på musens hale
"Aber warum nennst du es einen traurigen Schwanz?"
"Men hvorfor kalder du det en trist hale?"
Und sie rätselte unaufhörlich, während die Maus sprach
Og hun blev ved med at pusle over det, mens musen talte
**so daß ihre Vorstellung von der Geschichte ungefähr so
aussah**
så hendes idé om fortællingen var noget i retning af dette

"Fury said to
a mouse, That
he met in the
house, 'Let
us both go
to law: *I*
will prosecute
you.——
Come, I'll
take no denial:
We must have
the trial;
For really
this morning
I've
nothing
to do.'
Said the
mouse to
the cur,
'Such a
trial, dear
sir, With
no jury
or judge,
would
be wasting
our
breath.'
'I'll be
judge,
I'll be
jury,'
said
cunning
old
Fury;
'I'll
try
the
whole
cause,
and
condemn
you to
death.'"

Fury sagte zu einer Maus, die er im Haus getroffen hat."
Raseri sagde til en mus, at han mødtes i huset."
Lasst uns beide vor Gericht gehen: Ich werde euch anklagen
Lad os begge gå rettens vej: Jeg vil retsforfølge dig
**Kommen Sie, ich leugne es nicht: Wir müssen den Prozeß
haben**
Kom, jeg vil ikke benægte: Vi må have retssagen
Denn heute morgen habe ich wirklich nichts zu tun
For her til morgen har jeg ikke noget at lave
Sagte die Maus zum Pfarrer;
Sagde musen til forbandelsen;

Ein solcher Prozeß, lieber Herr, ohne Geschworene und Richter, würde uns den Atem rauben
En sådan retssag, kære herre, uden jury eller dommer, ville være at spilde vores ånde
»Ich werde Richter sein, ich werde Geschworener sein«, sagte der schlaue alte Fury
"Jeg vil være dommer, jeg vil være jury," sagde den snedige gamle Fury
Ich werde die ganze Sache prüfen und dich zum Tode verurteilen
Jeg vil prøve hele sagen og dømme dig til døden
die Maus sprach streng zu Alice
musen talte hårdt til Alice
"Du passt nicht auf!"
"Du er ikke opmærksom!"
"Woran denkst du?"
"Hvad tænker du på?"
»Ich bitte um Verzeihung,« sagte Alice sehr demütig
"Jeg beder Dem undskylde," sagde Alice meget ydmygt
»Sie waren in der fünften Kurve angelangt, glaube ich?«
"Du var nået til det femte sving, tror jeg?"
"Du beleidigst mich, indem du so einen Unsinn redest!"
"Du fornærmer mig ved at tale sådan noget vrøvl!"
Und die Maus stand auf und ging weg
og musen rejste sig og gik sin vej
Alice rief der kleinen Maus hinterher
Alice kaldte på den lille mus
"Bitte komm zurück und beende deine Geschichte!"
"Kom tilbage og gør din historie færdig!"
Und die andern stimmten alle in den Chor ein
Og de andre sluttede sig alle til i kor
"Ja, bitte beenden Sie Ihre Geschichte!"
"Ja, vær venlig at afslutte din historie!"
Aber die Maus schüttelte nur ungeduldig den Kopf
Men musen rystede kun utålmodigt på hovedet
Und die kleine Maus ging ein wenig schneller
og den lille mus gik lidt hurtigere

"Ich wünschte, ich hätte Dinah, unsere Katze, hier!" sagte
Alice
"Jeg ville ønske, at jeg havde Dinah, vores kat, her!" sagde
Alice
Dies erregte in der Partei ein bemerkenswertes Aufsehen
Dette vakte en bemærkelsesværdig sensation i partiet
Einige der Vögel eilten sofort davon
Nogle af fuglene skyndte sig straks af sted
**und ein Kanarienvogel rief mit zitternder Stimme seinen
Kindern zu;**
og en kanariefugl råbte med skælvende stemme til sine børn;
»Kommt fort, meine Lieben!«
"Kom væk, mine kære!"
"Es ist höchste Zeit, dass ihr alle im Bett seid!"
"Det er på høje tid, at I alle er i seng!"
Mit verschiedenen Ausreden gingen sie alle weg
Med forskellige undskyldninger gik de alle væk
und Alice war bald allein
og Alice blev snart alene tilbage
"Ich wünschte, ich hätte Dina nicht erwähnt!"
"Jeg ville ønske, at jeg ikke havde nævnt Dinah!"
"Niemand scheint sie hier unten zu mögen"
"Ingen ser ud til at kunne lide hende hernede"
**"Aber ich bin mir sicher, dass sie die beste Katze von der
Welt ist!"**
"men jeg er sikker på, at hun er den bedste kat i verden!"
Die arme Alice fing wieder an zu weinen
Stakkels Alice begyndte at græde igen
weil sie sich sehr einsam und niedergeschlagen fühlte
fordi hun følte sig meget ensom og nedtrykt
Nach einer Weile aber hörte sie wieder etwas
Men lidt efter hørte hun igen noget
ein leises Getrappel von Schritten in der Ferne
Lidt klapren af fodtrin i det fjerne
und sie blickte eifrig auf
og hun så ivrigt op

Es war das weiße Kaninchen, das langsam wieder zurücktrabte
Det var den hvide kanin, der travede langsomt tilbage igen
Er sah sich ängstlich um, während er ging
Han så sig ængsteligt omkring, mens han gik
Er sah aus, als hätte er etwas verloren
Han så ud, som om han havde mistet noget
Alice hörte, wie er vor sich hin murmelte
Alice hørte ham mumle for sig selv
»Die Herzogin! Die Herzogin! Oh, meine lieben Pfoten!"
"Hertuginden! Hertuginden! Åh, mine kære poter!"
"Oh, mein Fell und meine Schnurrhaare!"
"Åh, min pels og knurhår!"
"Sie wird mich hinrichten lassen, da bin ich mir sicher"
"Hun vil få mig henrettet, det er jeg sikker på"
"Genauso sicher, wie Frettchen Frettchen sind!"
"lige så sikkert som fritter er fritter!"
"Wo kann ich meine Sachen abgestellt haben, frage ich mich?"
"Hvor kan jeg have tabt mine ting, spekulerer jeg?"

Alice erriet in einem Augenblick, was er suchte
Alice gættede på et øjeblik, hvad han ledte efter
Er war auf der Suche nach dem Federfächer
Han ledte efter fjerviften
Und er suchte nach dem Paar weißer Handschuhe
og han ledte efter et par hvide handsker
So machte sie sich sehr gutmütig auf die Suche nach den Handschuhen
Så hun begyndte meget godmodigt at lede efter handskerne
Und sie suchte auch nach dem Federfächer
og hun kiggede også efter fjerviften
Aber die Handschuhe und der Federfächer waren nirgends zu sehen
men handskerne og fjerviften var ingen steder at se
Alles schien sich verändert zu haben, seit sie im Pool geschwommen war
Alt syntes at have ændret sig siden hendes svømmetur i poolen
Nichts war mehr so, wie es war, seit sie in der Großen Halle gewesen war
Intet var det samme, siden hun havde været i den store sal
und der Glastisch war verschwunden
og glasbordet var forsvundet
Und die kleine Tür war auch nicht da
og den lille dør var der heller ikke
Sehr bald bemerkte das Kaninchen Alice
Meget snart lagde kaninen mærke til Alice
rief er ihr in zornigem Ton zu
Han kaldte på hende i en vred tone
"Mary Ann, was machst du hier draußen?"
"Mary Ann, hvad laver du herude?"
"Lauf in diesem Moment nach Hause"
"Løb hjem i dette øjeblik"
"Und hol mir ein Paar Handschuhe und einen Federfächer!"
"og hent mig et par handsker og en fjervifte!"
"Und beeil dich!"
"Og vær hurtig med det!"

Alice sprach mit sich selbst, als sie davonrannte
Alice talte til sig selv, da hun løb væk
"Er muss mich für sein Hausmädchen gehalten haben!"
"Han må have forvekslet mig med sin stuepige!"
"Wie überrascht wird er sein, wenn er herausfindet, wer ich bin!"
"Hvor bliver han overrasket, når han finder ud af, hvem jeg er!"
Während sie dies sagte, stieß sie auf ein hübsches Häuschen
Da hun sagde dette, stødte hun på et nydeligt lille hus
An der Tür des Hauses hing eine helle Messingplatte
På døren til huset var der en lys messingplade
"W. HASE"
"W. RABBIT"
Sie trat ein, ohne an die Tür zu klopfen
Hun gik ind uden at banke på døren
und sie eilte geradewegs die Treppe hinauf
og hun skyndte sig lige ovenpå
sie machte sich Sorgen, dass sie die echte Mary Ann treffen könnte
hun var bekymret for, om hun ville møde den rigtige Mary Ann
denn dann würde sie aus dem Haus gejagt werden
for så ville hun blive smidt ud af huset
Und sie würde den Federfächer und die Handschuhe nicht finden können
og hun ville ikke kunne finde fjerviften og handskerne
Alice hatte den Weg in ein aufgeräumtes Kämmerlein gefunden
Alice havde fundet vej ind i et ryddeligt lille værelse
Im Zimmer stand ein Tisch am Fenster
I rummet var der et bord ved vinduet
und auf dem Tisch stand ein Federfächer
og på bordet lå en fjervifte
Und da waren zwei oder drei Paar winzige weiße Handschuhe
og der var to eller tre par små hvide handsker

Sie hob den Federfächer und ein Paar Handschuhe auf
Hun tog fjerviften og et par af handskerne
und sie war eben im Begriff, das Zimmer zu verlassen
og hun skulle lige til at forlade værelset
Aber dann fiel ihr Blick auf ein Fläschchen
men så faldt hendes øjne på en lille flaske
Sie entkorkte die Flasche und führte sie an ihre Lippen
Hun åbnede flasken og satte den til sine læber
"Ich hoffe, dass ich dadurch wieder groß werde"
"Jeg håber virkelig, at det vil få mig til at vokse mig stor igen"
"Ich bin es leid, so ein winziges Ding zu sein!"
"Jeg er træt af at være sådan en lillebitte ting!"
Alice hatte kaum die halbe Flasche getrunken
Alice havde næppe drukket halvdelen af flasken
Ihr Kopf drückte bereits gegen die Decke
hendes hoved pressede allerede mod loftet
und sie musste sich bücken
og hun måtte bøje sig ned
um ihr das Genick vor dem Genickbruch zu bewahren
for at redde hendes nakke fra at blive brækket
Hastig stellte sie die Flasche ab
Hun satte hurtigt flasken fra sig
"Das reicht"
"Det er nok"
"Ich hoffe, ich wachse nicht mehr"
"Jeg håber ikke, jeg vokser mere"
Leider! Es war zu spät, das zu wünschen!
Ak! Det var for sent at ønske det!
Sie wuchs und wuchs weiter
Hun blev ved med at vokse og vokse
und sehr bald musste sie sich auf den Boden knien
og meget snart måtte hun knæle ned på gulvet
und selbst dann wuchs sie weiter
og selv da fortsatte hun med at vokse
Als letztes Mittel streckte sie einen Arm aus dem Fenster
Som en sidste ressource stak hun den ene arm ud af vinduet
und sie setzte einen Fuß auf den Schornstein

og hun satte den ene fod op i skorstenen
"Jetzt kann ich nicht mehr, was auch immer passiert"
"Nu kan jeg ikke mere, hvad der end sker"
»Was wird aus mir?«
"Hvad skal der blive af mig?"

Alice hatte Glück
Alice havde et øjeblik af held
Das kleine Zauberfläschchen hatte seine volle Wirkung entfaltet
Den lille magiske flaske havde haft sin fulde virkning
und Alice wurde nicht größer, als sie war
og Alice blev ikke større, end hun var
Nach ein paar Minuten hörte sie draußen eine Stimme
Efter et par minutter hørte hun en stemme udenfor
Und sie blieb stehen, um der Stimme zu lauschen
og hun standsede for at lytte til stemmen
»Mary Ann! Mary Ann!« sagte die Stimme
"Mary Ann! Mary Ann!" sagde stemmen
"Hol mir gleich meine Handschuhe!"
"Hent mig mine handsker i dette øjeblik!"
Dann ertönte ein leises Getrappel von Füßen auf der Treppe

Så kom der en lille klapren af fødder på trappen
Alice wusste, dass es das Kaninchen war, das kam, um sie zu suchen
Alice vidste, at det var kaninen, der kom for at lede efter hende
und sie zitterte, bis sie das Haus erschütterte
og hun skælvede, indtil hun rystede huset
Sie vergaß ganz, welche Proportionen sie hatte
hun glemte helt, hvad hendes proportioner var
Sie war tausendmal so groß wie das Kaninchen
hun var tusind gange så stor som kaninen
und sie hatte keinen Grund, sich vor einem Kaninchen zu fürchten
og hun havde ingen grund til at være bange for en kanin
Bald kam das Kaninchen an die Tür heran
Lidt efter kom kaninen hen til døren
Und das kleine Kaninchen versuchte, die Tür zu öffnen
og den lille kanin forsøgte at åbne døren
Die Tür begann sich nach innen zu öffnen
Døren begyndte at åbne sig indad
aber Alices Ellbogen wurde hart gegen die Tür gedrückt
men Alices albue blev presset hårdt mod døren
Dieser Versuch erwies sich als Fehlschlag
Det forsøg viste sig at være en fiasko
Alice hörte, wie das Kaninchen mit sich selbst sprach
Alice hørte kaninen tale til sig selv
"Dann gehe ich herum und steige durch das Fenster ein"
"Så går jeg rundt og kommer ind gennem vinduet"
"Das wirst du nicht!" dachte Alice
"Det vil du ikke!" tænkte Alice
und sie wartete wieder ein wenig
og hun ventede lidt igen
Bald hörte sie das Kaninchen gerade unter dem Fenster
Snart hørte hun kaninen lige under vinduet
Plötzlich streckte sie ihre Hand aus
Hun rakte pludselig hånden ud
Und sie machte einen Sprung in die Luft

og hun gjorde et ryk i luften
Sie bekam nichts in die Finger
Hun fik ikke fat i noget
aber sie hörte einen kleinen Schrei und einen Sturz
men hun hørte et lille skrig og et fald
und sie hörte ein Krachen von zerbrochenem Glas
og hun hørte et brag af knust glas
Vielleicht war das Kaninchen gefallen
måske var kaninen faldet
Vielleicht war er in einem Gewächshaus
måske var han i et drivhus
Dann ertönte eine zornige Stimme; Die Stimme des Kaninchens
Dernæst kom en vred stemme; Kaninens stemme
"Pat, wo bist du?"
"Pat, hvor er du?"
Und dann ertönte eine Stimme, die sie noch nie zuvor gehört hatte
Og så kom en stemme, hun aldrig havde hørt før
"Euer Ehren, ich bin hier!"
"Deres ære, jeg er her!"
"Ich grabe nach Äpfeln"
"Jeg graver efter æbler"
»Hier! Komm und hilf mir da raus!"
"Her! Kom og hjælp mig ud af det her!"
»Nun sag mir, Pat, was ist das da im Fenster?«
"Sig mig nu, Pat, hvad er det i vinduet?"
"Sicher, Euer Ehren, ich werde es Ihnen sagen"
"Selvfølgelig, Deres ære, det skal jeg fortælle Dem"
"Das ist ein Arm, der im Fenster steckt!"
"Det er en arm, der er i vinduet!"
"Na ja, da hat ein Arm nichts zu suchen"
"Tja, en arm har ikke noget at gøre der"
"Geh und nimm den Arm weg!"
"Gå hen og tag armen væk!"
Hierauf trat ein langes Schweigen ein
Der var en lang stilhed efter dette

und Alice konnte nur ab und zu ein Flüstern hören
og Alice kunne kun høre hvisken nu og da
und endlich streckte sie die Hand wieder aus
og til sidst rakte hun hånden ud igen
Und sie machte einen weiteren Sprung in die Luft
og hun lavede endnu et ryk i luften
Diesmal gab es zwei kleine Schreie
Denne gang lød der to små skrig
und es gab noch mehr Geräusche von zerbrochenem Glas
og der var flere lyde af knust glas
"Ich möchte wohl wissen, was sie nun tun werden!" dachte Alice
"Gad vide, hvad de vil gøre nu!" tænkte Alice
"Ich wünschte, sie würden mich aus dem Fenster ziehen"
"Jeg ville ønske, at de ville trække mig ud af vinduet"
Sie wartete eine Weile
Hun ventede et stykke tid
aber eine Weile hörte sie nichts mehr
men i et stykke tid hørte hun ikke mere
Endlich ertönte das Rumpeln kleiner Rädchen
Endelig kom der en rumlen af små hjul
Und da ertönten viele Stimmen
og der lød lyden af en hel del stemmer
Alle Stimmen sprachen miteinander
alle stemmerne talte sammen
Sie konnte einige der Worte verstehen
Hun kunne opdigte nogle af ordene
"Wo ist die andere Leiter?"
"Hvor er den anden stige?"
"Bill hat die andere Leiter"
"Bill har den anden stige"
"Bill, komm her!"
"Bill, kom her!"
"Wird das Dach die Last tragen?"
"Vil taget bære byrden?"
"Wer will schon den Schornstein hinuntergehen?"
"Hvem har lyst til at gå ned ad skorstenen?"

»Nein, das werde ich nicht! Du machst es!"

"Nej, det vil jeg ikke! Du gør det!"

»Hier, Bill!«

"Her, Bill!"

"Der Meister sagt, du musst in den Schornstein hinunter!"

"Mesteren siger, at du skal ned ad skorstenen!"

Alice zog ihren Fuß so weit den Schornstein hinab, wie sie konnte

Alice trak sin fod så langt ned i skorstenen, som hun kunne

Und dann wartete sie, was kommen würde

og så ventede hun for at se, hvad der ville ske

Sie hörte ein kleines Tier kratzen und krabbeln

Hun hørte et lille dyr, der kradsede og kravlede

Das Tierchen muss sich im Schornstein befinden

Det lille dyr skal være i skorstenen

dann gab sie einen scharfen Tritt

Så gav hun et skarpt spark

Und sie wartete ab, was als nächstes geschehen würde

og hun ventede for at se, hvad der nu ville ske

Sie hörte einen allgemeinen Chor von Stimmen

hun hørte et generelt kor af stemmer

"Da geht Bill!", sagten alle

"Der går Bill!" sagde de alle sammen

Dann hörte sie allein die Stimme des Kaninchens

Så hørte hun kaninens stemme alene

"Du an der Hecke, fang ihn!"

"Du ved hækken, fang ham!"

Es trat wieder ein Augenblick des Schweigens ein

Der var endnu et øjebliks stilhed

Und dann gab es wieder ein Stimmengewirr

og så var der endnu en forvirring af stemmer

"Halt seinen Kopf hoch, Brandy"

"Hold hovedet op, Brandy"

"Pass auf, dass du ihn nicht würgst"

"Pas på ikke at kvæle ham"

"Was ist mit dir passiert?"

"Hvad skete der med dig?"

Zuletzt kam eine kleine, schwache, quietschende Stimme
Til sidst kom en lille svag, knirkende stemme
"Nun, ich weiß es kaum mehr"
"Nå, jeg ved næsten ikke mere"
"Danke euch allen, mir geht es jetzt besser"
"Tak til jer alle, jeg har det bedre nu"
"Es gibt eine Sache, an die ich mich erinnern kann"
"der er én ting, jeg kan huske"
"Irgendetwas kommt auf mich zu wie ein Zug im Tunnel"
"Noget kommer imod mig som et tog i en tunnel"
"Und ich fliege hoch wie eine Rakete!"
"og op flyver jeg som en raket!"
Es gab ein oder zwei Minuten des Schweigens
Der var et minut eller to med stilhed
Und dann fingen sie wieder an, sich zu bewegen
og så begyndte de at bevæge sig rundt igen
und Alice hörte das Kaninchen wieder sprechen
og Alice hørte kaninen tale igen
"Ein Karren voll reicht für den Anfang"
"En gravhøj vil være nok, til at begynde med"
"Einen Karren voll wovon?" dachte Alice
"En gravhøj af hvad?" tænkte Alice
Aber sie wurde nicht lange in Atem gehalten
Men hun blev ikke holdt i spænding længe
Ein Regen von kleinen Kieselsteinen drang durch das Fenster
En byge af små småsten kom ind gennem vinduet
und einige der kleinen Kieselsteine trafen sie im Gesicht
og nogle af de små småsten ramte hende i ansigtet
Alice wunderte sich über die kleinen Kieselsteine
Alice var overrasket over de små småsten
all die kleinen Kieselsteine verwandelten sich in Kuchen
alle de små småsten blev til kager
und eine glänzende Idee kam ihr in den Kopf
og en lys idé kom til hendes hoved
"Einen von diesen Kuchen sollte ich essen"
"Jeg burde spise en af disse kager"

"Der Kuchen wird sicher etwas an meiner Größe ändern"
"kage vil helt sikkert ændre sig i min størrelse"
Also schluckte sie einen der Kuchen
Så slugte hun en af kagerne
und sie freute sich, als sie feststellte, dass sie anfing zu schrumpfen
og hun var glad for at opdage, at hun begyndte at skrumpe ind
Bald war sie klein genug, um durch die Tür zu kommen
snart var hun lille nok til at komme gennem døren
Sie rannte aus dem Haus
Hun løb ud af huset
Draußen wartete eine Menge kleiner Tiere und Vögel
En flok små dyr og fugle ventede udenfor
alle kleinen Vögel und Tiere stürzten sich auf Alice
alle de små fugle og dyr styrtede mod Alice
aber sie rannte davon, so schnell sie konnte
men hun løb af sted så hurtigt hun kunne
und bald fand sie sich sicher in einem dichten Walde
og snart befandt hun sig i sikkerhed i en tæt skov
Alice irrte im Walde umher
Alice vandrede rundt i skoven
Und sie dachte bei sich:
og hun tænkte ved sig selv:
"Ich weiß, was ich zuerst zu tun habe"
"Jeg ved, hvad jeg skal gøre først"
"erst muss ich wieder auf meine richtige Größe wachsen"
"Først skal jeg vokse til min rigtige størrelse igen"
"Und dann muss ich den Weg in diesen schönen Garten finden"
"og så skal jeg finde vej ind i den dejlige have"
"Ich glaube, ich sollte irgendetwas essen oder trinken"
"Jeg formoder, at jeg burde spise eller drikke et eller andet"
"Aber die Frage ist, was soll ich essen oder trinken?"
"men spørgsmålet er, hvad skal jeg spise eller drikke?"
Alice blickte sich um und betrachtete die Blumen
Alice kiggede rundt på blomsterne

Und sie schaute durch die Grashalme hindurch
og hun så gennem græsstråene
aber sie konnte nichts zu essen und zu trinken sehen
men hun kunne ikke se noget at spise eller drikke
Nichts sah nach dem Richtigen zum Essen oder Trinken aus
Intet lignede det rigtige at spise eller drikke
In ihrer Nähe wuchs ein großer Pilz
Der voksede en stor svamp i nærheden af hende
der Pilz war ungefähr so groß wie Alice
svampen var omtrent samme højde som Alice
Sie streckte sich auf den Zehenspitzen auf
Hun strakte sig op på tæer
Und sie guckte über den Rand des Pilzes
og hun kiggede ud over kanten af svampen
**Ihre Augen trafen sofort die Augen einer großen blauen
Raupe**
Hendes øjne mødte straks øjnene på en stor blå larve
Die Raupe saß auf der Spitze des Pilzes
Larven sad på toppen af svampen
und die Raupe hatte alle Arme gekreuzt
og larven havde lagt alle hans arme over kors
Und er rauchte leise eine lange Wasserpfeife
og han røg stille en lang vandpibe
und er nahm nicht die geringste Notiz von irgendetwas
og han tog ikke den mindste notits af noget
und er achtete gewiß nicht auf Alice
og han lagde bestemt ikke mærke til Alice

Ratschläge von einer Raupe
Råd fra en larve

Endlich nahm die Raupe die Shisha aus dem Maul
Til sidst tog larven vandpiben ud af munden
und er redete Alice mit einer trägen, schläfrigen Stimme an
og han henvendte sig til Alice med en sløv, søvnig stemme
"Wer bist du?" fragte die Raupe
"Hvem er du?" sagde larven

Alice antwortete etwas schüchtern: "Ich weiß es kaum, Sir."
Alice svarede temmelig genert: "Jeg ved det næsten ikke, sir"
"Gerade im Moment ist alles ein bisschen..."
"Lige i øjeblikket er det hele lidt..."
"Ich weiß, wer ich war, als ich heute Morgen aufgestanden bin."
"Jeg ved, hvem jeg var, da jeg stod op i morges""
"aber ich glaube, ich muss mich seitdem mehrmals verändert haben"
"men jeg tror, jeg må have ændret mig flere gange siden da"
"Was meinst du damit?" sagte die Raupe
"Hvad mener du med det?" sagde larven

Streng forderte die Raupe sie auf, sich zu erklären
Strengt bad larven hende om at forklare sig
»Ich kann mich nicht erklären, fürchte ich, Sir«, sagte Alice
"Jeg kan ikke forklare mig, er jeg bange for, sir," sagde Alice
"weil ich nicht ich selbst bin"
"fordi jeg ikke er mig selv"
"Du siehst, es ist sehr verwirrend, so viele verschiedene Größen an einem Tag zu haben"
"Ser du, det er meget forvirrende at være så mange forskellige størrelser på en dag"
Sie raffte sich auf und sagte sehr ernst:
Hun rejste sig op og sagde meget alvorligt:
"Ich denke, du solltest mir zuerst sagen, wer du bist"
"Jeg synes, du skal fortælle mig, hvem du er, først"
"Warum?" fragte die Raupe
"Hvorfor?" sagde larven
Alice fiel kein guter Grund ein
Alice kunne ikke komme i tanke om nogen god grund
und die Raupe schien sich in einem sehr unangenehmen Gemütszustand zu befinden
og larven syntes at være i en meget ubehagelig sindstilstand
also wandte sie sich ab
Så hun vendte sig bort
"Komm zurück!" rief ihr die Raupe nach
"Kom tilbage!" råbte larven efter hende
"Ich habe etwas Wichtiges zu sagen!"
"Jeg har noget vigtigt at sige!"
Alice drehte sich um und kam wieder zurück
Alice vendte sig om og kom tilbage igen
"Behalte die Fassung!" sagte die Raupe
"Hold dit temperament!" sagde larven
»Ist das alles?« fragte Alice
"Er det alt?" sagde Alice
und sie schluckte ihren Zorn hinunter, so gut sie konnte
og hun slugte sin vrede, så godt hun kunne
"Nein!" sagte die Raupe
"Nej," sagde larven

Die Raupe breitete ihre Arme aus
larven foldede sine arme ud
Und er nahm die Shisha wieder aus dem Mund
og han tog vandpiben ud af munden igen
Und er sagte: "Du glaubst also, du bist verändert, oder?"
og han sagde: "Så du tror, du er forandret, gør du?"
»**Ich fürchte, ich bin verändert, Sir,**« **sagte Alice**
"Jeg er bange for, at jeg er forandret, sir," sagde Alice
"Ich kann mich nicht mehr so an Dinge erinnern, wie ich sie früher in Erinnerung hatte"
"Jeg kan ikke huske ting, som jeg plejede at huske dem"
"Und ich bleibe nicht länger als zehn Minuten gleich groß!"
"og jeg forbliver ikke den samme størrelse i mere end ti minutter!"
"Wie groß willst du sein?" fragte die Raupe
"Hvilken størrelse vil du have?" spurgte larven
»**Oh, es ist mir nicht besonders wichtig, wie groß ich bin**«**, erwiderte Alice hastig**
"Åh, jeg er ikke særlig ligeglad med, hvilken størrelse jeg har," svarede Alice hurtigt
"Ich mag es einfach nicht, so oft die Größe zu wechseln, weißt du"
"Jeg kan bare ikke lide at skifte størrelse så ofte, du ved"
"Ich würde gerne etwas größer sein, Sir"
"Jeg vil gerne være lidt større, sir"
»**wenn es dir nichts ausmacht,**« **fügte Alice hinzu**
"hvis du ikke har noget imod det," tilføjede Alice
"Zehn Zentimeter sind so eine erbärmliche Größe"
"Ti centimeter er sådan en elendig højde at være"
"Das ist wirklich eine sehr gute Höhe!" sagte die Raupe ärgerlich
"Det er virkelig en meget god højde!" sagde larven vredt
und er richtete sich auf, während er sprach
og han rejste sig oprejst, mens han talte
Er war genau zehn Zentimeter groß
Han var præcis ti centimeter høj
In ein oder zwei Minuten war die Raupe vom Pilz

heruntergekommen
I løbet af et minut eller to kom larven ned af svampen
und er kroch ins Gras
og han kravlede væk i græsset
Als er sich entfernte, machte er einige kleine Bemerkungen
Da han gik, kom han med nogle små bemærkninger
"Eine Seite lässt dich größer werden"
"Den ene side vil få dig til at vokse dig højere"
"Und die andere Seite wird dich kleiner werden lassen"
"og den anden side vil få dig til at blive kortere"
"Eine Seite wovon?" dachte Alice bei sich
"Den ene side af hvad?" tænkte Alice for sig selv
"Die andere Seite von was?"
"Den anden side af hvad?"
"Die Seite des Pilzes!" sagte die Raupe
"Siden af svampen!" sagde larven
Es war, als hätte sie ihre Frage laut gestellt
det var, som om hun havde stillet sit spørgsmål højt
und im nächsten Augenblick war er außer Sichtweite
og i et andet øjeblik var han ude af syne
Alice blieb stehen und betrachtete den Pilz nachdenklich
Alice blev ved med at kigge eftertænksomt på svampen
Sie versuchte herauszufinden, welche die beiden Seiten des Pilzes waren
Hun prøvede at finde ud af, hvilke sider der var de to sider af svampen
Endlich streckte sie ihre Arme um den Pilz
Til sidst strakte hun armene om svampen
und sie brach ein Stück der Ränder ab
og hun brækkede lidt af kanterne af
»Und nun, welche Seite ist welche?« fragte sie sich
"Og hvilken side er nu hvilken?" sagde hun til sig selv
und sie knabberte ein wenig von dem Stück der rechten Hand
og hun nappede lidt af den højre bit
Im nächsten Augenblick spürte sie einen heftigen Schlag unter ihrem Kinn

I næste øjeblik mærkede hun et voldsomt slag under hagen
Ihr Kinn hatte ihren Fuß getroffen!
hendes hage havde ramt hendes fod!
**Sie war sehr erschrocken über diese sehr plötzliche
Veränderung**
Hun blev en hel del skræmt af denne meget pludselige
ændring
Sie schrumpfte sehr schnell
Hun skrumpede meget hurtigt
Also aß sie schnell etwas von dem anderen Stück Pilz
Så hun spiste hurtigt noget af den anden smule svamp
Ihr Kinn war sehr eng gegen ihren Fuß gepresst
Hendes hage var presset meget tæt mod hendes fod
Es war kaum Platz, um den Mund aufzumachen
der var knap nok plads til at åbne munden
aber schließlich gelang es ihr, den Mund aufzumachen
men det lykkedes hende endelig at åbne munden
und sie schluckte einen Bissen von dem linken Stück
og hun slugte en bid af det venstre bid
»mein Kopf ist endlich frei!« sagte Alice
"Mit hoved er endelig blevet befriet!" sagde Alice
Sie blickte an sich herunter
Hun kiggede ned på sig selv
aber alles, was sie sehen konnte, war ein ungeheurer Hals
men det eneste, hun kunne se, var en umådelig længde af
halsen
Ihr Hals schien sich wie ein Stiel zu erheben
hendes hals syntes at rejse sig som en stilk
Und sie blickte auf ein Meer von grünen Blättern hinab
og hun så ned over et hav af grønne blade
"Wo sind meine Schultern geblieben?"
"Hvor er mine skuldre blevet af?"
**»Und ach, meine armen Hände, wie kommt es, daß ich euch
nicht sehen kann?«**
"Og åh, mine stakkels hænder, hvordan kan det være, at jeg
ikke kan se dig?"
Aber ihr Hals hatte einen Vorteil

men hendes hals havde en fordel

Sie konnte ihren Kopf in jede Richtung bewegen

Hun kunne bevæge hovedet i alle retninger

Tatsächlich war sie wie eine Schlange

faktisk var hun ligesom en slange

Sie senkte anmutig ihren Kopf im Zickzack

Hun zigzaggede yndefuldt hovedet ned

Und sie bewegte ihren Kopf durch die Bäume

og hun bevægede sit hoved mellem træerne

Aber dann hörte sie ein scharfes Zischen

men så hørte hun et skarpt hvæsen

Und sie zog schnell den Kopf zurück

og hun trak hurtigt hovedet tilbage

Eine große Taube war ihr ins Gesicht geflogen

En stor due var fløjet ind i hendes ansigt

und die Taube fuhr mit den Flügeln heftig zusammen

og duen var voldsomt med sine vinger

»Schlange!« rief die Taube

"Slange!" råbte duen

"Ich bin keine Schlange!" sagte Alice entrüstet

"Jeg er ikke en slange!" sagde Alice indigneret

"Laß mich in Ruhe!"

"Lad mig være i fred!"

"Ich habe die Wurzeln von Bäumen ausprobiert"

"Jeg har prøvet træernes rødder"

"Und ich habe es mit Hecken versucht", fuhr die Taube fort

"og jeg har prøvet hække," fortsatte duen

»Aber diese Schlangen! Man kann es ihnen nicht recht machen!"

"Men de slanger! Der er ikke noget, der behager dem!"

Alice war immer verwirrter

Alice blev mere og mere forvirret

"Als ob es nicht schon Mühe genug wäre, die Eier auszubrüten!" sagte die Taube

"Som om det ikke var besværligt nok at udruge æggene!" sagde duen

"Tag und Nacht muss ich mich auch vor Schlangen in Acht nehmen!"

"Nat og dag må jeg også passe på slanger!"

"Ich hatte gerade den höchsten Baum im Wald gefunden"

"Jeg havde lige fundet det højeste træ i skoven"

"Wäre ich hier sicher frei von Schlangen?"

"Jeg ville vel være fri for slanger her?"

"Und heraus kommt eine Schlange vom Himmel!"

"Og ud kommer en slange fra himlen!"

"Aber ich bin keine Schlange, sage ich dir!" sagte Alice

"Men jeg er ikke en slange, siger jeg dig!" sagde Alice

"Ich bin ein... Ich bin ein... Ich bin ein kleines Mädchen«, fügte sie etwas zweifelnd hinzu

"Jeg er en... Jeg er en... Jeg er en lille pige," tilføjede hun temmelig tvivlende

Schließlich hatte sie viele Veränderungen durchgemacht

Hun havde trods alt gennemgået en masse forandringer

"Du suchst Eier!" sagte die Taube

"Du leder efter æg!" sagde duen

"Das weiß ich mit Sicherheit"
"Det ved jeg med sikkerhed"
"Und was macht es aus, ob du ein kleines Mädchen oder
eine Schlange bist?"
"Og hvad betyder det, om du er en lille pige eller en slange?"
»Es liegt mir sehr viel daran,« sagte Alice hastig
"Det betyder en hel del for mig," sagde Alice hurtigt
"Aber ich bin nicht auf der Suche nach Eiern, wie es der
Zufall will"
"men jeg leder ikke efter æg, som det sker"
"Und ich würde deine Eier sowieso nicht wollen"
"og jeg vil ikke have dine æg alligevel"
"Ich mag meine Eier nicht roh"
"Jeg kan ikke lide mine æg rå"
»Nun, dann fort!« sagte die Taube in mürrischem Tone
"Nå, så gå af!" sagde duen i en surmulende tone
und die Taube ließ sich wieder in ihrem Nest nieder
og duen slog sig ned i sin rede igen
Alice kauerte sich zwischen die Bäume, so gut sie konnte
Alice krøb sammen mellem træerne, så godt hun kunne
Ihr Hals verfing sich immer wieder zwischen den Ästen
hendes hals blev ved med at blive viklet ind mellem grenene
Hin und wieder musste sie anhalten und ihren Hals
aufdrehen
Af og til måtte hun stoppe op og vride nakken
Nach einer Weile erinnerte sie sich an den Pilz
Efter et stykke tid huskede hun svampen
Sie hielt die Pilzstücke noch immer in ihren Händen
Hun holdt stadig svampestykkerne i sine hænder
Und sie machte sich sehr vorsichtig an die Arbeit
og hun gik meget forsigtigt i gang med arbejdet
Zuerst knabberte sie an einem Stück
først nippede hun i et stykke
Und dann knabberte sie an dem anderen Stück
og så nippede hun til det andet stykke
Manchmal wurde sie größer
Nogle gange blev hun højere

und manchmal wurde sie kleiner
og nogle gange blev hun kortere
Aber schließlich erreichte sie ihre übliche Größe
men endelig opnåede hun sin sædvanlige højde
Sie war schon seit einiger Zeit nicht mehr so groß wie sie selbst
hun havde ikke været sin egen højde i nogen tid
So fühlte sich alles eine Zeit lang seltsam an
Så alt føltes mærkeligt i et stykke tid
"Das nächste, was zu tun ist, ist, in diesen schönen Garten zu gehen"
"Den næste ting at gøre er at komme ind i den smukke have"
»wie soll man das machen?«
"hvordan skal det gøres, spekulerer jeg?"
Während sie dies sagte, stieß sie auf einen offenen Platz
Da hun sagde dette, kom hun til et åbent sted
Da war ein kleines Haus, etwas höher als einen Meter
Der var et lille hus, lidt højere end en meter
"Ich frage mich, wer in diesem kleinen Haus wohnt"
"Gad vide, hvem der bor i dette lille hus"
"So groß wie ich bin, kann ich sicher nicht reingehen"
"Jeg kan bestemt ikke gå ind så stort, som jeg er"
"Ich würde sie fürchterlich erschrecken!"
"Jeg ville skræmme dem frygteligt!"
Also knabberte sie wieder an dem kleinen Pilz
Så hun nappede i den lille svamp igen
Und bald brachte sie sich dreißig Zentimeter tief
og snart bragte hun sig selv ned tredive centimeter

Ein Schwein und etwas Pfeffer

En gris og lidt peber

Ein oder zwei Minuten lang stand sie da und betrachtete das Haus

I et minut eller to stod hun og kiggede på huset

Plötzlich kam ein Lakai aus dem Walde gerannt

Pludselig kom en fodmand løbende ud af skoven

Er trug eine spezielle Livree-Uniform

Han var iført en særlig uniform.

Seinem Gesicht nach zu urteilen, hätte sie ihn einen Fisch genannt

At dømme kun efter hans ansigt ville hun have kaldt ham en fisk

und er klopfte laut mit den Fingerknöcheln an die Tür

og han bankede højlydt på døren med sine knoer

Die Tür wurde von einem anderen Lakaien geöffnet

Døren blev åbnet af en anden fodgænger

Auch dieser Lakai trug eine besondere Livree

Denne fodmand var også iført en særlig bemaling

Dieser Lakai hatte ein rundes Gesicht und große Augen wie ein Frosch

Denne fodmand havde et rundt ansigt og store øjne som en frø

Der Lakai, der wie ein Fisch aussah, leitete die Zeremonie ein

Fodfolket, der lignede en fisk, indledte ceremonien

Er zog etwas unter seinem Arm hervor

Han trak noget ud under armen

Und er zog unter seinem Arm einen Umschlag hervor

og han trak en konvolut frem under armen

und diesen Umschlag übergab er dem andern Lakaien

og denne konvolut rakte han til den anden fodmand

In zeremoniellem Tone teilte er ihm die Befehle mit

i en højtidelig tone fortalte han ham ordrerne

"Diese Botschaft ist für die Herzogin"

"Dette budskab er til hertuginden"

"Eine Einladung der Königin zum Krocketspielen"

"En invitation fra dronningen til at spille kroket"

Der Lakai, der wie ein Frosch aussah, wiederholte den Befehl

Fodfolket, der lignede en frø, gentog ordren

"Von der Königin"

"Fra dronningen"

"Eine Einladung"

"en invitation"

"für die Herzogin"

"for hertuginden"

"Krocket spielen"

"At spille kroket"

Dann verbeugten sie sich beide tief

Så bøjede de sig begge dybt

und die Locken in ihren Perücken verwickelten sich ineinander

og krøllerne i deres parykker blev viklet ind i hinanden

Bald war der Lakai, der wie ein Fisch aussah, verschwunden

Snart var fodfolket, der lignede en fisk, væk

Aber der Lakai, der wie ein Frosch aussah, war immer noch da

men fodfolket, der lignede en frø, var der stadig

Er saß auf dem Boden in der Nähe der Tür

Han sad på jorden nær døren
Er starrte dumm in den Himmel
Han stirrede dumt op i himlen
Alice ging schüchtern zur Tür und klopfte
Alice gik frygtsomt hen til døren og bankede på
»Es hat keinen Zweck, anzuklopfen,« sagte der Lakai
"Det nytter ikke noget at banke på," sagde fodfolket
"Und das aus zwei Gründen"
"Og det er af to grunde"
**"Erstens, weil ich auf der gleichen Seite der Tür stehe wie
du"**
"For det første fordi jeg er på samme side af døren som dig"
"Zweitens, weil sie drinnen so viel Lärm machen"
"For det andet fordi de larmer så meget indeni"
"Niemand könnte dich hören"
"Ingen kunne umuligt høre dig"
Und es war gewiß ein höchst merkwürdiger Lärm im Innern
Og der foregik bestemt en højst usædvanlig støj indeni
ein ständiges Heulen und Niesen
en konstant hylen og nys
und ab und zu ein Geräusch von großem Krachen
og nu og da en lyd af store brag
**als ob eine Schüssel oder ein Wasserkocher in Stücke
zerbrochen wäre**
som om en skål eller kedel var blevet brudt i stykker
"Wie soll ich da reinkommen?" fragte Alice
"Hvordan skal jeg komme ind?" spurgte Alice
»Wollen Sie überhaupt hineinkommen?« fragte der Lakai
"Skal du overhovedet komme ind?" sagde fodfolket
"Das ist die erste Frage, weißt du"
"Det er det første spørgsmål, du ved"
Alice öffnete die Tür und trat ein
Alice åbnede døren og gik ind
Die Tür führte direkt in eine große Küche
Døren førte lige ind i et stort køkken
**Die Küche war von einem Ende bis zum anderen voller
Rauch**

Køkkenet var fyldt med røg fra den ene ende til den anden
in der Mitte der Küche saß die Herzogin
midt i køkkenet stod hertuginden
Sie saß auf einem dreibeinigen Hocker
Hun sad på en trebenet skammel
und sie stillte ein Baby
og hun ammede et barn
Die Köchin beugte sich über das Feuer
Kokken lænede sig ind over ilden
Er rührte einen großen Kessel
Han rørte i en stor caldron
und der Kessel schien mit Suppe gefüllt zu sein
og caldron syntes at være fuld af suppe
"Da ist sicher zu viel Pfeffer drin!" sagte Alice zu sich selbst
"Der er helt sikkert for meget peber i den suppe!" sagde Alice
til sig selv
Sie sagte es, so gut sie konnte, ohne zu niesen
Hun sagde det, så godt hun kunne, uden at nyse
Sogar die Herzogin nieste gelegentlich
Selv hertuginden nyste af og til
**Aber die Handlungen des Babys waren am
bemerkenswertesten**
men babyens handlinger var de mest bemærkelsesværdige
Das Baby nieste und heulte abwechselnd
Babyen nyste og hylede skiftevis
**Es gab keinen Augenblick Pause zwischen Heulen und
Niesen**
Der var ikke et øjebliks pause mellem hyl og nys
Es gab zwei Kreaturen in der Küche, die nicht niesten
Der var to væsner i køkkenet, der ikke nyste
Die Köchin war zu beschäftigt, um zu niesen
kokken havde for travlt til at nyse
**Und die große Katze schien sich nicht an dem Pfeffer zu
stören**
og den store kat så ikke ud til at have noget imod
peberfrugten
Stattdessen grinste die große Katze von einem Ohr zum

anderen

I stedet grinede den store kat fra øre til øre

»Bitte, würdest du es mir sagen,« sagte Alice ein wenig schüchtern

"Vil du fortælle mig det," sagde Alice lidt frygtsomt

"Warum grinst deine Katze so?"

"Hvorfor griner din kat sådan?"

»Es ist eine Cheshire-Katze,« sagte die Herzogin

"Det er en Cheshire-kat," sagde hertuginden

"Und deshalb grinst er von Ohr zu Ohr"

"Og det er derfor, han griner fra øre til øre"

"Ich wusste nicht, dass eine Cheshire-Katze immer grinst"

"Jeg vidste ikke, at en Cheshire-kat altid grinede"

**"Eigentlich wusste ich nicht, dass Katzen grinsen können",
sagte Alice**

"faktisk vidste jeg ikke, at katte kunne grine," sagde Alice

»Es gibt vieles, was Sie nicht wissen,« sagte die Herzogin

"Der er meget, du ikke ved," sagde hertuginden

**"Es gibt vieles, was man nicht weiß, und das ist eine
Tatsache"**

"Der er meget, du ikke ved, og det er en kendsgerning"

**In diesem Augenblick nahm die Köchin den Kessel mit der
Suppe vom Feuer**

Netop da tog kokken suppegryden af ilden

Und sogleich fing sie an, alles in ihre Reichweite zu werfen

og straks begyndte hun at kaste alt inden for sin rækkevidde

**sie warf alles, was sie konnte, auf die Herzogin und das
Baby**

hun kastede alt, hvad hun kunne, efter hertuginden og barnet

Zuerst warf sie die Feuereisen

først kastede hun ildjernene

Dann warf sie eine Handvoll Töpfe

Så kastede hun en håndfuld gryder

und schließlich warf sie die Teller und Schüsseln

og til sidst kastede hun tallerkenerne og fadet

Die Herzogin nahm keine Notiz von ihr

Hertuginden tog ikke notits af hende

**Selbst als sie von einem Teller getroffen wurde, machte sie
sich keine Sorgen**
selv når hun blev ramt af en tallerken, bekymrede hun sig ikke
Das Baby heulte schon so viel
babyen hylede allerede så meget
**Es war also unmöglich zu sagen, ob die Schläge das Baby
verletzt haben oder nicht**
Så det var umuligt at sige, om slagene gjorde ondt på barnet
eller ej
"Oh, gib bitte acht, was du tust!" rief Alice
"Åh, vær så venlig at passe på, hvad du laver!" råbte Alice
und sie sprang in Todesangst des Entsetzens auf und ab
og hun hoppede op og ned i en angst af rædsel
die Herzogin bot Alice das Baby an
hertuginden tilbød Alice barnet
**»Hier! Du kannst das Kind ein wenig stillen, wenn du
willst!«**
"Her! Du kan amme barnet lidt, hvis du vil!"
Und sie schleuderte das Kind nach ihr, während sie sprach
og hun kastede barnet efter sig, mens hun talte
**"Ich muss gehen und mich darauf vorbereiten, mit der
Königin Krocket zu spielen"**
"Jeg må gå og gøre mig klar til at spille kroket med
dronningen"
und sie eilte aus dem Zimmer
og hun skyndte sig ud af værelset
Alice fing das Baby mit einiger Mühe auf
Alice fangede barnet med noget besvær
weil es ein sehr seltsam geformtes kleines Wesen war
fordi det var et meget mærkeligt formet lille væsen
**Und das Kind streckte seine Arme und Beine nach allen
Richtungen aus**
og barnet rakte sine arme og ben ud i alle retninger
"Das Kind nehme ich lieber mit!" dachte Alice
"Jeg må hellere tage dette barn med mig," tænkte Alice
**"Sie werden dieses Baby sicher in ein oder zwei Tagen
töten"**

"De er sikre på at dræbe denne baby i løbet af en dag eller to"
"Wäre es nicht Mord, dieses Baby zurückzulassen?"
"Ville det ikke være mord at efterlade denne baby?"
Sie sprach die letzten Worte laut aus
Hun sagde de sidste ord højt
Und das kleine Ding grunzte als Antwort
og den lille ting gryntede som svar
"Du verwandelst dich am besten nicht in ein Schwein, meine Liebe!" sagte Alice
"Du må hellere lade være med at blive til et svin, min kære," sagde Alice
"sonst habe ich nichts mehr mit dir zu tun"
"ellers har jeg ikke mere med dig at gøre"
Alice fing eben an, bei sich selbst zu denken:
Alice var lige begyndt at tænke ved sig selv:
»Nun, was soll ich mit diesem Geschöpf anfangen, wenn ich es nach Hause bringe?«
"Hvad skal jeg nu gøre med dette væsen, når jeg får det hjem?"
Aber dann grunzte das kleine Geschöpf ein wenig heftig
men så gryntede det lille væsen lidt voldsomt
und Alice sah ihm erschrocken ins Gesicht
og Alice så ned i dens ansigt i en vis forskrækkelse
Diesmal konnte es keinen Irrtum geben
Denne gang kunne der ikke være nogen tvivl om det
Es war nicht mehr und nicht weniger als ein Schwein
det var hverken mere eller mindre end en gris
Da setzte sie das kleine Geschöpf ab
Så satte hun det lille væsen ned
und das kleine Geschöpf trabte leise in den Wald hinein
og det lille væsen travede stille væk i skoven
Alice war ziemlich erleichtert, als sie die Kreatur verschwinden sah
Alice følte sig ret lettet over at se væsenet forsvinde
Alice erschrak ein wenig, als sie die Cheshire-Katze sah
Alice blev lidt forskrækket over at se Cheshire-katten
Er saß auf einem Ast eines Baumes, ein paar Meter entfernt
den sad på en gren af et træ et par meter væk

Die Katze grinste nur, als sie sie sah
Katten grinede kun, da den så hende
»Cheshire-Katze,« begann Alice etwas schüchtern
"Cheshire-kat," begyndte Alice temmelig frygtsomt
»Würden Sie mir bitte sagen, welchen Weg ich von hier aus einschlagen soll?«
"Vil du være så venlig at fortælle mig, hvilken vej jeg skal gå herfra?"
"In diese Richtung", sagte die Katze
"I den retning," sagde katten
Und er fuchtelte mit der rechten Pfote herum
og den viftede med højre pote rundt
"In dieser Richtung lebt ein Hutmacher"
"I den retning bor en hatteskaber"
Und dann winkte die Katze mit der anderen Pfote
og så viftede katten med den anden pote
"Und in dieser Richtung wohnt ein Märzhase"
"Og i den retning bor en marchhare"
»Besuchen Sie, wen Sie wollen; Sie sind beide verrückt"
"Besøg hvem du vil; de er begge gale"
»Aber ich will nicht unter Verrückte gehen«, bemerkte Alice
"Men jeg vil ikke gå blandt gale mennesker," bemærkede Alice
"Ach, dafür kannst du nicht helfen!" sagte die Katze
"Åh, det kan du ikke gøre for!" sagde katten
"Wir sind alle verrückt hier"
"Vi er alle gale her"
"Spielst du heute Krocket mit der Queen?"
"Spiller du krocket med dronningen i dag?"
"Das würde ich sehr gerne!" sagte Alice
"Det vil jeg gerne," sagde Alice
"aber ich bin noch nicht eingeladen worden"
"men jeg er ikke blevet inviteret endnu"
"Du wirst mich dort sehen!" sagte die Katze
"Du vil se mig der!" sagde katten
Und von einem Augenblick auf den anderen verschwand die Katze
og fra det ene øjeblik til det andet forsvandt katten

bald kam Alice in Sichtweite des Hauses des Märzhasen
snart fik Alice øje på harens hus
Das war ein sehr großes Haus
Det var et meget stort hus
Alice wollte also nicht in die Nähe des Hauses gehen
så Alice ønskede ikke at gå i nærheden af huset
Zuerst musste sie noch etwas von dem linken Stück Pilz knabbern
Først måtte hun nappe noget mere af den venstre bit af svampen

Eine verrückte Teeparty

Et vanvittigt teselskab

Vor dem Haus stand ein Baum

Foran huset var der et træ

Und unter dem Baum stand ein Tisch

og under træet var der et bord

und der Tisch war mit allerlei Besteck gedeckt

og bordet var dækket med alle slags bestik

Der Märzhase und der Hutmacher saßen bei Tisch

Marchharen og hattemageren sad ved bordet

und zusammen tranken sie Tee

og sammen drak de te

Ein Siebenschläfer saß zwischen ihnen

En dormus sad mellem dem

und der Siebenschläfer schlief fest

og dormusen sov dybt

Der Tisch war von außergewöhnlicher Größe

Bordet var af ekstraordinær størrelse

Aber der größte Teil des Tisches war unbesetzt

men det meste af bordet var ubeboet

Sie saßen dicht gedrängt an einer Ecke des Tisches

De sad stuvet sammen i et hjørne af bordet

und doch entschuldigten sie sich, als sie Alice sahen

og alligevel undskyldte de, da de så Alice

»Kein Platz! Kein Platz!« schrien sie

"Ingen plads! Ingen plads!" råbte de

»Es ist viel Platz!« sagte Alice entrüstet

"Der er masser af plads!" sagde Alice indigneret

An einem Ende des Tisches stand ein großer Sessel

I den ene ende af bordet var der en stor lænestol

und Alice setzte sich in den Sessel

og Alice satte sig selv i lænestolen

Der Hutmacher riss die Augen weit auf

Hattemageren spærrede øjnene op

Er konnte nicht glauben, was er da sah

Han kunne ikke tro, hvad han så

aber sein Geist war neugierig auf andere Dinge

men hans sind var nysgerrigt efter andre ting

»Warum ist ein Rabe wie ein Schreibtisch?«

"Hvorfor er en ravn som et skrivebord?"

Alice war offen für die Herausforderung

Alice var åben for udfordringen

"Ich bin froh, dass sie angefangen haben, Rätsel zu stellen"

"Jeg er glad for, at de er begyndt at stille gåder"

»Ich glaube, das kann ich erraten«, fügte sie laut hinzu

"Det tror jeg, jeg kan gisne mig til," tilføjede hun højt

Der Märzhase wurde neugierig auf Alice

Marchharen blev nysgerrig efter Alice

"Glaubst du wirklich, dass du die Antwort finden kannst?"

"Tror du virkelig, at du kan finde svaret?"

»Ich glaube, ich kann die Antwort finden,« sagte Alice

"Jeg tror, jeg kan finde svaret," sagde Alice

»Dann sollst du sagen, was du meinst,« fuhr der Märzhase fort

"Så skal du sige, hvad du mener," fortsatte haren

»Ich sage, was ich meine,« erwiderte Alice hastig

"Jeg siger, hvad jeg mener," svarede Alice hurtigt

"Zumindest meine ich ernst, was ich sage"

"i det mindste mener jeg, hvad jeg siger"

"Das ist dasselbe, weißt du"

"Det er det samme, du ved"

Auch der Siebenschläfer trug zu dem Gespräch bei

Dormouse bidrog også til samtalen

Aber der Siebenschläfer schien im Schlaf zu sprechen

men dormus syntes at tale i søvne

"Ich atme, wenn ich schlafe"

"Jeg trækker vejret, når jeg sover"

"Ich schlafe, wenn ich atme!"

"Jeg sover, når jeg trækker vejret!"

"Man könnte genauso gut sagen, dass sie auch gleich sind"

"Du kan lige så godt sige, at de også er ens"

"So ist es auch bei dir!" sagte der Hutmacher

"Det er det samme med dig!" sagde hattemageren

und er goß ein wenig Tee über die Nase des Siebenschläfers

og han hældte lidt te på søvnmusens næse
Das Murmelthier schüttelte ungeduldig den Kopf
Syvsoveren rystede utålmodigt på hovedet
Und wieder sprach das Murmelmaus, ohne die Augen zu öffnen
og atter talte dormusen uden at åbne øjnene
"Natürlich, natürlich ist es dasselbe"
"Selvfølgelig, selvfølgelig er det det samme"
"Das wollte ich ja auch sagen"
"Det var bare det, jeg selv ville sige"

Der Hutmacher wandte sich an Alice und stellte eine weitere Frage
Hattemageren vendte sig mod Alice og stillede endnu et spørgsmål
"Hast du das Rätsel schon erraten?"
"Har du gættet gåden endnu?"
"Nein, ich gebe auf", gab Alice zu
"Nej, jeg giver op," indrømmede Alice
"Was ist die Antwort?", wollte sie wissen

"Hvad er svaret?" ville hun vide

»Ich habe nicht die geringste Ahnung,« sagte der Hutmacher

"Jeg har ikke den ringeste anelse," sagde hattemageren

"Ich weiß es auch nicht!" sagte der Märzhase

"Det ved jeg heller ikke!" sagde haren

Alice stieß einen müden Seufzer aus

Alice udstødte et træt suk

"Es gibt eine bessere Nutzung der Zeit als Rätsel ohne Antworten"

"Der er bedre brug af tid end gåder uden svar"

»Trinken Sie noch etwas Tee,« sagte der Märzhase sehr ernst zu Alice

"Tag noget mere te," sagde haren til Alice meget alvorligt

Alice war ziemlich beleidigt über das Angebot

Alice blev ret fornærmet over tilbuddet

»Ich habe noch keinen Tee getrunken,« erwiderte Alice

"Jeg har ikke drukket te endnu," svarede Alice

"Deshalb kann ich keinen Tee mehr trinken"

"derfor kan jeg ikke få mere te"

»Du meinst, weniger Tee kannst du nicht haben«, sagte der Hutmacher

"Du mener, at du ikke kan få mindre te," sagde hattemageren

"Es ist sehr einfach, mehr als nichts zu nehmen"

"Det er meget nemt at tage mere end ingenting"

Bei diesen Worten erhob sich Alice und ging fort

Da rejste Alice sig og gik sin vej

Der Siebenschläfer schlief augenblicklich ein

Musen faldt i søvn med det samme

und keiner der andern nahm die geringste Notiz davon, daß sie ging

og ingen af de andre tog den mindste notits af, at hun gik

obwohl sie ein- oder zweimal zurückblickte

selvom hun så sig tilbage en eller to gange

Sie versuchten, den Siebenschläfer in die Teekanne zu stecken

de forsøgte at stikke dormusen i tekanden

"Jedenfalls werde ich nie wieder dorthin gehen!" sagte Alice

"Jeg kommer i hvert fald aldrig derhen igen!" sagde Alice

Und sie ging ihren Weg durch den Wald

og hun gik sin vej gennem skoven

"Das war die dümmste Teeparty, auf der ich je war"

"det var det dummeste teselskab, jeg nogensinde har været til"

Gerade als sie das sagte, bemerkte sie etwas

Netop som hun sagde dette, bemærkede hun noget

Einer der Bäume hatte eine Tür, die direkt hineinführte

et af træerne havde en dør, der førte lige ind i det

»Das ist sehr interessant!« dachte sie

"Det er meget interessant!" tænkte hun

"Ich denke, ich kann genauso gut durch die Tür gehen"

"Jeg tror, jeg lige så godt kan gå ind ad døren"

Und durch die Tür ging sie

Og gennem døren gik hun

Wieder befand sie sich in der langen Halle

Endnu en gang befandt hun sig i den lange sal

Wieder stand sie dicht an dem kleinen Glastisch

Igen var hun tæt på det lille glasbord

Sie nahm den kleinen goldenen Schlüssel

Hun tog den lille gyldne nøgle

und sie schloß die Tür auf, die in den Garten führte

og hun låste døren op, der førte ud i haven

Dann machte sie sich daran, an dem Pilz zu knabbern

Så gik hun i gang med at nippe til svampen

Sie hatte ein Stück des Pilzes in ihrer Tasche aufbewahrt

Hun havde haft et stykke af svampen i lommen

Und schließlich war sie etwa einen Meter groß

og til sidst var hun omkring en meter høj

dann ging sie den kleinen Korridor hinunter

Så gik hun ned ad den lille korridor

Und dann fand sie sich endlich in dem schönen Garten wieder

og så befandt hun sig endelig i den smukke have

Und sie war zwischen den hellen Blumen und den kühlen Springbrunnen

og hun var blandt den strålende blomst og de kølige kilder

Der Krocketplatz der Königinnen
Dronningens kroketbane

Ein großer Rosenstrauch stand in der Nähe des Eingangs des Gartens

Et stort rosentræ stod ved indgangen til haven

Die Rosen, die an dem Baum wuchsen, waren weiß

Roserne, der voksede på træet, var hvide

aber es waren drei Gärtner, die die Rose bemalten

men der var tre gartnere, der malede rosen

Sie waren damit beschäftigt, die Rosen rot zu färben

de havde travlt med at male roserne røde

und Alice sah zu, wie sie die Rosen rot färbten

og Alice så dem male roserne røde

und plötzlich fielen ihre Augen zufällig auf Alice

og pludselig faldt deres øjne tilfældigvis på Alice

Alice sprach ein wenig schüchtern

Alice talte lidt frygtsomt

»Würden Sie es mir bitte sagen?«

"Vil du fortælle mig det, tak?"

"Warum malt ihr alle diese Rosen?"

"Hvorfor maler I alle de roser?"

Fünf und Sieben sagten nichts, sondern sahen zwei an

fem og syv sagde intet, men så på to

zwei Sprecher, mit leiser Stimme

to talte med lav stemme

»Nun, die Sache ist die, sehen Sie, gnädige Frau.«

"Jamen, det er en kendsgerning, ser De, frue"

"Das hier hätte ein roter Rosenstrauch sein sollen"

"det her skulle have været et rødt rosentræ"

"Und wir haben aus Versehen einen weißen Rosenstrauch hineingesetzt"

"og vi satte et hvidt rosentræ i ved en fejltagelse"

"Wie Sie mir zustimmen würden, darf die Königin es nicht herausfinden"

"Som du vil være enig i, må dronningen ikke finde ud af det"

"Sonst würden wir uns allen die Köpfe abschneiden"

"Ellers ville vi alle få vores hoveder hugget af"

"Sie sehen also, gnädige Frau, wir tun unser Bestes"
"Så ser De, frue, vi gør vores bedste"
Karte fünf hatte ängstlich über den Garten geschaut
Kort fem havde kigget ængsteligt ud over haven
In diesem Augenblick rief die fünfte Karte: "Die Königin! Die Königin!"
I dette øjeblik råbte kort fem: "Dronningen! Dronningen!"
und die drei Gärtner eilten augenblicklich davon
og de tre gartnere skyndte sig straks væk
und sie warfen sich flach auf ihre Gesichter
og de kastede sig fladt ned på deres ansigter
Man hörte das Geräusch vieler Schritte
Der lød mange fodtrin
Alice sah sich um, begierig darauf, die Königin zu sehen
Alice så sig omkring, ivrig efter at se dronningen
Am Anfang des Zuges standen zehn Soldaten
Ved processionens begyndelse var der ti soldater
Ihre Hände und Füße waren in den Ecken
deres hænder og fødder var i hjørnerne
und in ihren Händen und Füßen waren Keulen
og i deres hænder og fødder var der køller
Als nächstes kamen die zehn Höflinge
Dernæst kom de ti hoffolk
die Höflinge waren über und über mit Diamanten geschmückt
hoffolkene var overalt prydet med diamanter
Nach den Höflingen kamen die königlichen Kinder
Efter hoffolkene kom de kongelige børn
Es waren zehn der königlichen Kinder
Der var ti af de kongelige børn
und alle königlichen Kinder waren mit Herzen geschmückt
og alle de kongelige børn var prydet med hjerter
Dann kamen die Gäste; Meist Könige und Königinnen
Dernæst kom gæsterne; for det meste konger og dronninger
und unter den Königen und Königinnen sah Alice jemanden
og blandt kongerne og dronning Alice så nogen
Sie sah wieder das weiße Kaninchen, das sie gejagt hatte

Hun så igen den hvide kanin, hun havde jagtet
Der Prozession folgte der Spitzbube der Herzen
Processionen blev fulgt hjerternes knægt
Er trug die Krone des Königs
Han bar kongens krone
und die Krone des Königs lag auf einem purpurnen Samtkissen
og kongens krone var på en karmosinrød fløjlspude
Und dann kam das Ende dieser großen Prozession
og så kom afslutningen på denne store procession
Und da waren am Ende der König und die Königin der Herzen
og der til sidst var hjerter konge og hjerter dronning
der Zug kam Alice gegenüber
processionen kom over for Alice
Und alle blieben stehen und sahen sie an
og de standsede alle og så på hende
Und die Königin sprach streng: "Wer ist das?"
og dronningen sagde strengt: "Hvem er det?"
Sie sagte es zum Herzknaben
Hun sagde det til hjerternes knude
aber er verbeugte sich nur und lächelte als Antwort
men han bukkede bare og smilede som svar
Alice sprach sehr höflich
Alice talte meget høfligt
"Mein Name ist Alice, also bitte, Eure Majestät"
"Mit navn er Alice, så vær venlig Deres majestæt"
Aber sie hatte andere Gedanken für sich
men hun havde andre tanker for sig selv
"Es ist doch nur ein Kartenspiel!"
"De er trods alt kun en pakke kort!"
»Kannst du Krocket spielen?« rief die Königin
"Kan du spille kroket?" råbte dronningen
Die Frage war offenbar an Alice gerichtet
Spørgsmålet var åbenbart beregnet til Alice
"Ja!" sagte Alice laut
"Ja!" sagde Alice højt

"Komm also spielen!" brüllte die Königin
"Kom og spil så!" brølede dronningen
sprach eine schüchterne Stimme zu Alice
en frygtsom stemme talte til Alice
"Es ist ein sehr schöner Tag!"
"Det er en meget smuk dag!"
Sie ging an dem weißen Kaninchen vorbei
Hun gik forbi den hvide kanin
und das weiße Kaninchen guckte ihr ängstlich ins Gesicht
og den hvide kanin kiggede ængsteligt ind i hendes ansigt
»ein sehr schöner Tag,« bestätigte Alice
"En meget smuk dag," bekræftede Alice
»Wo ist die Herzogin?«
"Hvor er hertuginden?"
»Still! Still!" sagte das Kaninchen
"Tys! Tys!" sagde kaninen
"Sie ist zum Tode verurteilt"
"Hun er under henrettelse"
»Wofür wird sie hingerichtet?« fragte Alice
"Hvad bliver hun henrettet for?" spurgte Alice
"Sie hat der Königin die Ohren abgewetzt", begann das Kaninchen
"Hun skar dronningens ører," begyndte kaninen
schrie die Königin mit Donnerstimme
Dronningen råbte med tordenstemme
"Ran an eure Plätze!"
"Kom til dine steder!"
Und die Leute rannten in alle Richtungen herum
og folk begyndte at løbe rundt i alle retninger
Und sie fielen alle aneinander
og de faldt alle op mod hinanden
Sie hatten sich jedoch in ein oder zwei Minuten beruhigt
De fik dog afklaret sig i løbet af et minut eller to
Und dann begann das Spiel
og så begyndte spillet
Alice hatte noch nie einen so merkwürdigen Krocketplatz gesehen

Alice havde aldrig set en så mærkelig kroketbane
Das Gras bestand nur aus Graten und Furchen
græsset var kun kamme og furer
Die Krocketbälle waren echte Igel
Kroketkuglerne var rigtige pindsvin
und die Schlägel waren echte Flamingos
og køllerne var rigtige flamingoer
und die Soldaten standen auf Händen und Füßen
og soldaterne stod på hænder og fødder
weil die Bögen aus ihren Körpern gemacht wurden
fordi buerne blev lavet af deres kroppe
Die Spieler spielten alle gleichzeitig
Spillerne spillede alle på én gang
Niemand wartete, bis er an der Reihe war
Ingen ventede på deres tur
und jeder stritt sich mit jedem
og alle skændtes med alle
und alle kämpften für die Igel
og alle kæmpede for pindsvinene
Bald geriet die Königin in eine wütende Leidenschaft
Snart var dronningen rasende lidenskabelig
Und sie fing an, herumzustampfen und zu schreien
og hun begyndte at stampe rundt og råbe
»Hacken Sie ihm den Kopf ab!«
"Hug hovedet af ham!"
"Hack ihr den Kopf ab!"
"Hug hovedet af hende!"
"Hackt ihnen alle Köpfe ab!"
"Hug alle hoverne af dem!"
Wieder dachte Alice bei sich.
Igen tænkte Alice ved sig selv
"Sie lieben es schrecklich, hier Menschen zu enthaupten"
"De er frygtelig glade for at halshugge folk her"
**"Das große Wunder ist, dass überhaupt noch jemand am
Leben ist!"**
"Det store under, at der er nogen tilbage i live!"
Sie sah sich nach einem Ausweg um

Hun så sig om efter en flugt
Sie bemerkte eine merkwürdige Erscheinung in der Luft
Hun bemærkede et mærkeligt udseende i luften
»Es ist die Cheshire-Katze,« sagte sie zu sich selbst
"Det er Cheshire-katten," sagde hun til sig selv
"Jetzt habe ich jemanden, mit dem ich reden kann"
"nu vil jeg have nogen at tale med"
"Wie geht es dir?" fragte die Katze
"Hvordan går det?" sagde katten
»Ich glaube nicht, daß sie ganz und gar fair spielen«, sagte Alice
"Jeg synes slet ikke, de spiller retfærdigt," sagde Alice
Und sie hatte einen ziemlich klagenden Ton
og hun havde en temmelig klagende tone
"Sie streiten sich alle so fürchterlich"
"De skændes alle så forfærdeligt"
"Man hört sich selbst nicht sprechen"
"Man kan ikke høre sig selv tale"
"Und sie scheinen sich nicht an irgendwelche Regeln zu halten"
"Og de ser ikke ud til at spille efter nogen regler"
die Katze stellte Alice mit leiser Stimme eine Frage
katten stillede Alice et spørgsmål med lav stemme
"Wie gefällt dir die Königin?"
"Hvordan kan du lide dronningen?"
»Ich mag sie gar nicht,« sagte Alice
"Jeg kan slet ikke lide hende," sagde Alice

Alice dachte, sie könnte genauso gut zurückgehen

Alice tænkte, at hun lige så godt kunne gå tilbage

Sie wollte sehen, wie das Spiel läuft

Hun ville se, hvordan det gik med spillet

Sie machte sich auf die Suche nach ihrem Igel

Hun gik ud for at lede efter sit pindsvin

Der Igel war damit beschäftigt, gegen einen anderen Igel zu kämpfen

Pindsvinet havde travlt med at kæmpe mod et andet pindsvin

Das war eine ausgezeichnete Gelegenheit

Dette var en glimrende mulighed

Sie konnte einen Igel mit dem anderen krocketen

Hun kunne kroke det ene pindsvin med det andet

Aber ihr Flamingo war auf der anderen Seite des Gartens

men hendes flamingo var på den anden side af haven

Der Flamingo war ziemlich tollpatschig

Flamingoen var temmelig klodset

Ihr Flamingo versuchte, gegen einen Baum zu fliegen

hendes flamingo forsøgte at flyve op i et træ

Sie packte den Flamingo am Bein

Hun fangede flamingoen i benet
Und sie schob sich den Flamingo unter den Arm
og hun gemte flamingoen væk under armen
So konnte der Flamingo nicht mehr entkommen
På den måde kunne flamingoen ikke flygte igen
In diesem Augenblick traf Alice zufällig die Herzogin
Netop da mødte Alice tilfældigvis hertuginden
Die Herzogin war nun aus dem Gefängnis entlassen worden
Hertuginden var nu ude af fængslet
Sie schob ihren Arm liebevoll unter Alices Arm
Hun lagde sin arm kærligt under Alices arm
Und dann gingen sie zusammen fort
og så gik de sammen
Alice war sehr froh, sie in so angenehmer Laune zu finden
Alice var meget glad for at finde hende i et så behageligt
humør
Sie erschrak jedoch ein wenig
Hun blev dog lidt forskrækket
Sie hörte die Stimme der Herzogin dicht an ihrem Ohr
Hun hørte hertugindens stemme tæt ved sit øre
"Du denkst über etwas nach, meine Liebe"
"Du tænker på noget, min kære"
"Und das lässt dich das Reden vergessen"
"Og det får dig til at glemme at tale"
»Das Spiel geht jetzt etwas besser«, sagte Alice
"Spillet går noget bedre nu," sagde Alice
Es war eine Möglichkeit, das Gespräch am Laufen zu halten
det var en måde at holde samtalen i gang på
»So ist es,« sagte die Herzogin
"Det er sandelig sådan," sagde hertuginden
"Und die Moral davon ist folgende."
"Og moralen i det er denne:"
"Es ist die Liebe, die alles macht!"
"Det er kærligheden, der gør det hele!"
"Liebe ist das, was die Welt bewegt"
"Kærlighed er det, der får verden til at gå rundt"
Alice hatte eine andere Erklärung

Alice havde en anden forklaring
**"Das macht jeder, der sich um seine eigenen
Angelegenheiten kümmert!"**
"Det gøres ved, at alle passer sine egne sager!"
»Ah, gut! Du könntest Recht haben"
"Åh, ja! Du kan have ret"
»Es bedeutet alles ziemlich dasselbe,« sagte die Herzogin
"Det betyder alt sammen meget det samme," sagde
hertuginden
und sie grub ihr spitzes kleines Kinn in Alices Schulter
og hun gravede sin skarpe lille hage ind i Alices skulder
"Und die Moral davon ist folgende"
"Og moralen i det er denne"
"Kümmere dich um die Sinne"
"Pas på sansen"
"Und dann erledigen sich die Klänge von selbst"
"Og så vil lydene passe sig selv"
Aber dann fing der Arm der Herzogin an zu zittern
men så begyndte hertugindens arm at skælve
Alice blickte auf und da stand die Königin
Alice kiggede op, og der stod dronningen
Die Königin hatte die Arme verschränkt
Dronningen havde armene foldet
Und sie runzelte die Stirn wie ein Gewitter!
og hun rynkede panden som et tordenvejr!
»Ich warne dich!« schrie die Königin
"Jeg giver dig en rimelig advarsel," råbte dronningen
Und sie stampfte auf den Boden, während sie sprach
og hun trampede på jorden, mens hun talte
"Entweder dein Kopf oder ihr Kopf muss ausgeschaltet sein"
"enten skal dit hoved eller hendes hoved være slukket"
"Treffen Sie Ihre Wahl!"
"Tag dit valg!"
"Und beeilen Sie sich"
"og vær hurtig til det"
Die Herzogin traf ihre Wahl
Hertuginden traf sit valg

und in einem Augenblick war die Herzogin verschwunden
og inden for et øjeblik var hertuginden væk
Da sprach die Königin zu Alice
Så talte dronningen til Alice
"Weiter geht's mit dem Spiel"
"Lad os fortsætte med spillet"
Alice war zu erschrocken, um ein Wort zu sagen
Alice var for bange til at sige et ord
und langsam folgte sie ihrem Rücken zum Krocketplatz
og hun fulgte hende langsomt tilbage til kroketbanen
Die ganze Zeit stritt sich die Dame mit den anderen Spielern
hele tiden skændtes dronningen med de andre spillere
»Hacken Sie ihm den Kopf ab!«
"Hug hovedet af ham!"
"Hack ihr den Kopf ab!"
"Hug hovedet af hende!"
"Hackt ihnen alle Köpfe ab!"
"Hug alle hovederne af dem!"
Bald waren alle Spieler in Gewahrsam
Snart var alle spillerne varetægtsfængslet
nur der König, die Königin und Alice blieben zurück
kun kongen, dronningen og Alice blev tilbage
Da ging die Königin, ganz außer Atem
Så gik dronningen, ganske forpustet
und sie ging mit Alice fort
og hun gik væk med Alice
Alice hörte, wie der König leise etwas sagte
Alice hørte kongen stille sige noget
"Ihr seid alle begnadigt"
"I er alle tilgivet"
aber plötzlich hörte man einen neuen Schrei
men pludselig hørtes der endnu et skrig
"Der Prozess beginnt!"
"Retssagen begynder!"
und Alice lief mit den andern
og Alice løb sammen med de andre

Wer hat die Torten gestohlen?

Hvem stjal tærterne?

Der Herzkönig und die Herzkönigin saßen

Hjerter konge og hjerter dame sad

sie saßen auf ihrem Thron, als Alice ankam

de sad på deres trone, da Alice ankom

Eine große Menschenmenge war um sie herum versammelt

der var en stor skare samlet omkring dem

Es gab allerlei kleine Vögel und Bestien

der var alle mulige små fugle og dyr

Und da war das ganze Kartenspiel

og der var hele pakken med kort

Der Spitzbube stand in Ketten vor ihnen

knægten stod foran dem, i lænker

und auf jeder Seite war ein Soldat, der ihn bewachte

og der var en soldat på hver side til at vogte ham

in der Nähe des Königs war das weiße Kaninchen

nær kongen var den hvide kanin

Er hatte eine Trompete in der einen Hand

han havde en trompet i den ene hånd

Und in der andern Hand hielt er eine Pergamentrolle

og han havde en pergamentrulle i den anden hånd

In der Mitte des Platzes stand ein Tisch

Midt på banen var der et bord

Auf dem Tisch stand eine große Schüssel mit Torten

På bordet lå et stort fad med tærter

**"Ich wünschte, sie würden den Prozess zu Ende bringen",
dachte Alice**

"Jeg ville ønske, at de ville få retssagen overstået," tænkte
Alice

"Dann könnten wir etwas von diesen Erfrischungen essen!"

"Så kunne vi spise nogle af de forfriskninger!"

Der Richter war übrigens der König

Dommeren var i øvrigt kongen

und er trug seine Krone über seiner großen Perücke

og han bar sin krone over sin store paryk

»Das ist die Loge der Geschworenen!« dachte Alice

"Det er juryboksen," tænkte Alice

"Und diese zwölf Geschöpfe, ich nehme an, sie sind die Geschworenen"

"og de tolv skabninger, jeg formoder, at de er nævningene"

einige waren Tiere, andere waren Vögel

nogle var dyr, og nogle var fugle

In diesem Augenblick schrie das weiße Kaninchen auf

I samme øjeblik råbte den hvide kanin

"Schweigen im Gericht!"

"Stilhed i retten!"

»Herold, lesen Sie die Anklage!« sagte der König

"Herold, læs anklagen!" sagde kongen

Das weiße Kaninchen blies drei Stöße auf die Trompete

Den hvide kanin blæste tre stød på trompeten

dann entrollte er die Pergamentrolle

Så rullede han pergamentrullen ud

Und er las folgendes:

og han læste følgende:

"Die Königin der Herzen, sie hat ein paar Torten gebacken."

"Hjerter dronning, hun lavede nogle tærter,"

"All das tat sie an einem Sommertag"

"Alt dette gjorde hun på en sommerdag"

"Der Schurke der Herzen, er hat diese Torten gestohlen"

"Hjerternes knægt, han stjal de tærter"

"Und er hat diese Torten weit weg gebracht!"

"Og han tog de tærter langt væk!"

»Rufen Sie den ersten Zeugen,« sagte der König

"Kald det første vidne!" sagde kongen

und das weiße Kaninchen blies drei Stöße auf die Trompete

og den hvide kanin blæste tre stød på trompeten

»Bringt den ersten Zeugen!« rief er

"Bring det første vidne!" råbte han

Der erste Zeuge war der Hutmacher

Det første vidne var hattemageren

Er kam mit einer Teetasse in der einen Hand herein

Han kom ind med en tekop i den ene hånd

Und in der anderen Hand hatte er ein Stück Brot und Butter

og han havde et stykke brød og smør i den anden hånd

»Du hättest fertig sein sollen,« sagte der König

"Du burde være færdig," sagde kongen

"Wann hast du angefangen?"

"Hvornår begyndte du?"

Der Hutmacher schaute sich den Märzhasen an

Hattemageren kiggede på haren

Der Märzhase war ihm in den Hof gefolgt

Marchharen havde fulgt ham ind i gården

Er war Arm in Arm mit dem Siebenschläfer gegangen

Han havde gået arm i arm med Dormouse

»Ich glaube, es war der vierzehnte März«, sagte er
"Fjortende marts, tror jeg, det var," sagde han
»Geben Sie Ihre Aussage,« sagte der König
"Afgiv dit vidnesbyrd," sagde kongen
"Und sei nicht nervös, sonst lasse ich dich auf der Stelle
hinrichten"
"og vær ikke nervøs, ellers får jeg dig henrettet på stedet"
Das schien den Zeugen überhaupt nicht zu ermutigen
Dette syntes ikke at opmuntre vidnet overhovedet
Er rutschte immer wieder von einem Fuß auf den anderen
Han blev ved med at skifte fra den ene fod til den anden
und er sah die Königin unruhig an
og han så uroligt på dronningen
und in seiner Verwirrung biß er ein großes Stück aus seiner
Teetasse
og i sin forvirring bed han et stort stykke ud af sin tekop
Eigentlich wollte er von seinem Brot und seiner Butter
beißen
i virkeligheden havde han tænkt sig at bide af sit brød og smør
In diesem Augenblick fühlte Alice eine sehr merkwürdige
Empfindung
Netop i dette øjeblik følte Alice en meget mærkelig
fornemmelse
Sie fing an, wieder größer zu werden
Hun begyndte at vokse sig større igen
Der unglückliche Hutmacher ließ seine Teetasse fallen
Den elendige hattemager tabte sin tekop
und das Brot und die Butter fielen zu Boden
og brødet og smørret faldt til jorden
und er fiel auf die Knie
og han faldt ned på knæ
»Ich bin ein armer Mann, Eure Majestät,« begann er
"Jeg er en fattig mand, Deres majestæt," begyndte han
»Du bist ein sehr schlechter Redner,« sagte der König
"Du er en meget dårlig taler!" sagde kongen
»Du darfst gehen,« sagte der König
"Du kan gå," sagde kongen

und der Hutmacher verließ eilig den Hof

og hattemageren skyndte sig at forlade gården

»Rufen Sie den nächsten Zeugen her!« sagte der König

"Kald det næste vidne!" sagde kongen

Der nächste Zeuge war die Köchin der Herzogin

Det næste vidne var hertugindens kok

Sie trug die Pfefferdose in der Hand

Hun bar peberkassen i hånden

Und die Leute in der Nähe der Tür fingen auf einmal an zu niesen

og folkene ved døren begyndte at nyse på én gang

»Geben Sie Ihre Aussage,« sagte der König

"Afgiv dit vidnesbyrd," sagde kongen

»Ich will nichts beweisen,« sagte die Köchin

"Jeg vil ikke give noget vidnesbyrd," sagde kokken

Der König sah das weiße Kaninchen ängstlich an

Kongen så ængsteligt på den hvide kanin

Und das weiße Kaninchen sprach mit leiser Stimme

og den hvide kanin talte med stille stemme

"Eure Majestät müssen diesen Zeugen ins Kreuzverhör nehmen"

"Deres Majestæt må krydsforhøre dette vidne"

»Nun, wenn ich muß, so muß ich,« sagte der König

"Nå, hvis jeg skal, så må jeg," sagde kongen

"Woraus bestehen Torten?"

"Hvad er tærter lavet af?"

»Torten werden meistens aus Pfeffer gemacht«, sagte die Köchin

"Tærter er for det meste lavet af peber," sagde kokken

Einige Minuten lang war der ganze Hof in Verwirrung

I nogle minutter var hele retten forvirret

Schließlich ließen sie sich alle wieder nieder

Til sidst faldt de alle til ro igen

Aber da war die Köchin schon verschwunden

Men på det tidspunkt var kokken forsvundet

»Macht nichts!« sagte der König

"Pyt med det!" sagde kongen

"Rufen Sie den nächsten Zeugen in den Zeugenstand"
"Kald det næste vidne til tilhørerpladsen"
**Alice beobachtete das weiße Kaninchen, wie es an der Liste
herumfummelte**
Alice betragtede den hvide kanin, mens han fumlede hen over
listen
**Sie können sich vorstellen, wie überrascht sie war, als sie
das hörte, was sie als nächstes hörte**
Du kan forestille dig hendes overraskelse over, hvad hun
hørte næste gang
**Mit lauter schriller kleiner Stimme rief er den Namen
»Alice!«**
på toppen af sin skingre lille stemme kaldte han navnet
"Alice!"

Alices Beweise
Alices vidneudsagn

»Hier!« rief Alice
"Her!" råbte Alice

Sie sprang in großer Eile auf
Hun sprang op i en stor fart

und sie kippte die Geschworenenloge um
og hun væltede juryboksen

und sie warf alle Geschworenen um
og hun væltede alle nævningene

und sie fielen auf die Köpfe der Menge unten
og de faldt ned til hovederne på mængden nedenunder

Alice war in großer Bestürzung
Alice var meget forfærdet

»Oh, ich bitte um Verzeihung!« rief sie aus
"Åh, jeg beder Dem undskylde!" udbrød hun

»Der Prozeß kann nicht fortgesetzt werden,« sagte der König
"Retssagen kan ikke fortsætte," sagde kongen

"Die Geschworenen müssen wieder an ihre angestammten Plätze zurückkehren"
"Nævningene må komme tilbage på deres rette pladser"

Er wiederholte den Befehl mit großem Nachdruck
Han gentog ordren med stor eftertryk

und er sah Alice streng an
og han så strengt på Alice

"Was weißt du über diese Ereignisse?" fragte der König Alice
"Hvad ved du om disse begivenheder?" spurgte kongen Alice

»Ich weiß nichts von der Sache,« sagte Alice
"Jeg ved intet om emnet," sagde Alice

Dann las der König aus seinem Buch vor
Kongen læste derefter op af sin bog

"Regel zweiundvierzig"
"Regel toogtyve"

"Alle Personen, die mehr als eine Meile hoch sind, sollen das Gericht verlassen"
"Alle personer, der er mere end en kilometer høje, skal forlade

retten"
»Ich bin keine Meile hoch,« sagte Alice
"Jeg er ikke en kilometer høj," sagde Alice
»Fast zwei Meilen hoch,« sagte die Königin
"Næsten to mil høj," sagde dronningen

»Nun, ich weigere mich zu gehen,« sagte Alice
"Nå, men jeg nægter at gå," sagde Alice
Der König erbleichte
Kongen blev bleg
und er schloß hastig sein Notizbuch
og han lukkede hurtigt sin notesbog
»Überlegen Sie sich Ihr Urteil«, sagte er zu den Geschworenen
"Overvej din dom," sagde han til juryen
Er sprach mit leiser, zitternder Stimme
Han talte med lav, skælvende stemme
Da sprach das weiße Kaninchen
Så talte den hvide kanin
"Es werden noch mehr Beweise kommen"
"Der er flere beviser på vej endnu"

und er sprang in großer Eile auf
og han sprang op i en stor fart
"Dieses Papier wurde gerade abgeholt"
"Denne artikel er lige blevet samlet op"
"Es scheint ein Brief des Gefangenen zu sein"
"Det ser ud til at være et brev skrevet af fangen"
Er faltete das Papier auseinander, während er sprach
Han foldede papiret ud, mens han talte
"Es ist doch kein Brief"
"Det er trods alt ikke et brev"
"Was es war, war eine Reihe von Versen"
"Hvad det var, var en række vers"
»Bitte, Eure Majestät,« sagte der Spitzbube
"Vær så venlig, Deres Majestæt," sagde knægten
"Ich habe diese Verse nicht geschrieben"
"Jeg skrev ikke de vers"
"und sie können nicht beweisen, dass ich etwas geschrieben habe"
"og de kan ikke bevise, at jeg har skrevet noget"
"Am Ende ist kein Name unterschrieben"
"Der er ikke noget navn underskrevet til sidst"
Der König sprach mit dem Spitzbuben
Kongen talte til knægten
"Du musst vorgehabt haben, Unheil anzurichten"
"Du må have ment at lave noget ballade"
"Sonst hättest du wie ein ehrlicher Mann unterschrieben"
"ellers ville du have underskrevet dit navn som en ærlig mand"
Es gab ein allgemeines Händeklatschen
Der var en generel klap i hænderne
Und der König wandte sich an das weiße Kaninchen
og kongen vendte sig mod den hvide kanin
»Lest die Verse!« befahl er.
"Læs versene," beordrede han
Es herrschte Totenstille im Gerichtssaal
Der var død tavshed i retten
und das weiße Kaninchen las die Verse vor

og den hvide kanin læste versene op
Sie sagten mir, du wärst bei ihr gewesen
De fortalte mig, at du havde været hos hende
Und sie erwähnten mich ihm gegenüber
Og de nævnte mig for ham
Sie gab mir einen guten Charakter
Hun gav mig en god karakter
Aber sie sagte, ich könne nicht schwimmen
Men hun sagde, at jeg ikke kunne svømme
Er ließ ihnen wissen, dass ich nicht gegangen sei
Han sendte dem besked om, at jeg ikke var gået
Wir wissen, dass es wahr ist
Vi ved, at det er sandt
Wenn sie die Sache vorantreiben sollte, was würde aus dir werden?
Hvis hun skulle skubbe sagen videre, hvad ville der så blive af dig?
Ich gab ihr einen, sie gaben ihm zwei
Jeg gav hende en, de gav ham to
Du hast uns drei oder mehr gegeben
Du gav os tre eller flere
Sie sind alle von ihm zu dir zurückgekehrt
De vendte alle tilbage fra ham til dig
obwohl sie vorher meine waren
selvom de var mine før
Wenn ich oder sie die Chance haben sollte,
Hvis jeg eller hun skulle tilfældigvis blive
Wenn ich oder sie in diese Affäre verwickelt wäre
Hvis jeg eller hun var involveret i denne affære
Er vertraut auf dich, dass du sie befreien wirst
Han stoler på, at du vil sætte dem fri
Genau so wie wir waren
Præcis som vi var
Ich hatte den Eindruck, dass Sie
Min forestilling var, at du havde været
Bevor sie diesen Anfall hatte
Før hun fik dette anfald

Ein Hindernis, das dazwischen kam
En forhindring, der kom mellem
Er und wir und es
Ham og os selv og det
Lass ihn nicht» wissen, dass sie ihr am besten gefallen haben
Lad ham ikke vide, at hun bedst kunne lide dem
Denn dies muss für immer ein Geheimnis bleiben, das vor allen anderen verborgen bleibt
For dette må for altid være en hemmelighed, der holdes skjult for alle de andre
Dieses Geheimnis muss ein Geheimnis zwischen dir und mir bleiben
Denne hemmelighed skal forblive en hemmelighed mellem dig og mig
Der König war sehr beeindruckt
Kongen var meget imponeret
"Das ist das wichtigste Beweisstück, das wir bisher gehört haben"
"Det er det vigtigste bevis, vi har hørt endnu"
»Ich glaube nicht, daß diese Verse auch nur ein Atom Bedeutung haben,« wandte Alice ein
"Jeg tror ikke, at disse vers har et atom af mening," indvendte Alice
der König hatte seine eigene Meinung zu dieser Angelegenheit
kongen havde sin egen mening om sagen
"Wenn diese Worte keinen Sinn haben, erspart das eine Menge Ärger"
"Hvis der ikke er nogen mening i de ord, redder det en verden af problemer"
"Dann brauchen wir nicht zu versuchen, den Sinn zu finden"
"Så behøver vi ikke at prøve at finde meningen"
"Lassen Sie die Geschworenen über ihr Urteil nachdenken"
"Lad juryen overveje deres dom"
»Nein, nein!« sagte die Königin
"Nej, nej!" sagde dronningen

"Erst die Verurteilung, dann das Urteil"
"Strafudmåling først – dom bagefter"
"Zeug und Unsinn!" sagte Alice laut
"Ting og vrøvl!" sagde Alice højt
"Wie dumm ist es, den Angeklagten zuerst zu verurteilen!"
"Hvor er det dumt at dømme den tiltalte først!"

»Schweige!« sagte die Königin und färbte sich violett an
"Hold mund!" sagde dronningen og blev purpurrød
"Ich werde nicht den Mund halten!" sagte Alice
"Jeg vil ikke holde mund!" sagde Alice
schrie die Königin aus voller Kehle
Dronningen råbte af højeste stemme
"Hack ihr den Kopf ab!"
"Hug hovedet af hende!"
Niemand machte eine Bewegung
Ingen lavede en bevægelse
"Wen kümmert es, was du sagst?" sagte Alice
"Hvem bekymrer sig om, hvad du siger?" sagde Alice
**Zu diesem Zeitpunkt war sie bereits zu ihrer vollen Größe
herangewachsen**

Hun var vokset til sin fulde størrelse på dette tidspunkt
"Du bist nichts als ein Kartenspiel!"
"Du er ikke andet end en pakke kort!"
Bei diesen Worten hoben sich alle Karten in die Luft
På dette steg alle kortene op i luften
und alle Karten flogen auf sie herab
og alle kortene kom flyvende ned over hende
Sie stieß einen kleinen Schrei aus
Hun gav et lille skrig fra sig
Sie war halb erschrocken, aber auch wütend
hun var halvt bange, men også vred
Und sie versuchte, sich gegen die Karten zu wehren
og hun forsøgte at kæmpe kortene af sig selv
Und dann fand sie sich auf der Grasbank liegend
og så fandt hun sig selv liggende på græsbanken
Ihr Kopf lag im Schoß ihrer Schwester
hendes hoved lå i skødet på sin søster
**Einige abgestorbene Blätter waren auf ihrem Gesicht
gelandet**
nogle døde blade var landet på hendes ansigt
und ihre Schwester wischte vorsichtig die Blätter weg
og hendes søster børstede forsigtigt bladene væk
»Wach auf, liebe Alice!« sagte die Schwester
"Vågn op, kære Alice!" sagde hendes søster
"Was für einen langen Schlaf hast du gehabt!"
"Sikke en lang søvn, du har haft!"
**"Oh, ich habe so einen merkwürdigen Traum gehabt!" sagte
Alice**
"Åh, jeg har haft sådan en mærkelig drøm!" sagde Alice
**Und sie erzählte ihrer Schwester alles, woran sie sich
erinnern konnte**
Og hun fortalte sin søster alt, hvad hun kunne huske
**all die seltsamen Abenteuer, von denen Sie gerade gelesen
haben**
Alle de mærkelige eventyr, som du lige har læst om
Alice stand auf und rannte davon
Alice rejste sig og løb væk

Und während sie lief, dachte sie an ihren Traum
og hun tænkte, mens hun løb, på sin Drøm
"Was für ein wunderbarer Traum das gewesen war!"
"Hvilken vidunderlig drøm det havde været!"

9 781835 667712